ne dans les airs

Émile-Antoine Bayard

『空中の悲劇』

Quand je me relevai,

je me trouvai face à face avec un voyageur imprévu,

le jeune homme pâle.

《 *Monsieur, je vous salue bien!* 》

me dit-il avec le plus grand flegme.

Et avant que je pusse l'empêcher,

deux sacs de sable avaient été jetés par-dessus la nacelle,

sans même avoir été vidés!

《 *Monsieur!* 》 *m'écriai-je avec colère.*

Il resta sept ou huit heures en observation…

Le ballon se dégonflait de plus en plus, et sa concavité,

faisant parachute,

resserrait le gaz contre les parois et en augmentait la fuite!

Enfin, le 21 septembre 1812, il fit une autre ascention à Bologne.

Son ballon s'accrocha à un arbre, et sa lampe y mit encore le feu.

Le fou avait disparu dans l'espace!

Martin Paz
Illustrée par Jules-Descartes Férat

Jules Verne

『マルティン・パス』

C'était le groupe de ces jeunes gens qui s'agitait près de la jolie fontaine qui s'élève au milieu de la Plaza-Mayor.

—Fuyez, mademoiselle!
dit une voix douce et respectueuse à l'oreille de la jeune fille.
Celle-ci se retourna, pâle de frayeur,
et vit un jeune Indien de haute taille,
qui, les bras croisés, attendait son adversaire de pied ferme.

—Quelle est cette belle personne?
demanda-t-il au père Joachim.

Maître Zacharius
Illustrée par Théophile Schuler

『老時計師ザカリウス』

Et là, penché des heures entières…

La jeune fille pria pour l'âme de sa mère, pour la sanctification de la nuit,
pour les voyageurs et les prisonniers, pour les bons et les méchants,
et surtout pour les tristesses inconnues de son père.

《 *Tu verras que j'ai découvert les secrets…* 》

Soudain, il poussa un cri,
porta vivement la main sur son cœur et tomba défaillant
sur son vieux fauteuil de cuir.
《 *Mon père! qu'avez-vous?* 》

Puis, il reprit d'un ton ironique:
《 *Voyons, çà, maître Zacharius,*
que se passe-t-il donc dans cette bonne ville de Genève? 》

Et puis, du matin au soir,
les pratiques mécontentes affluaient de plus belle à la maison.

《 *C'est là! là! …* 》 *s'écria-t-il en précipitant de nouveau sa course effrénée.*

《 *Vois cet homme, c'est le Temps…* 》

Maître Zacharius tomba à la renverse. Il était mort.

L'*éternel* Adam

Illustrée par Léon Benett

Jules Verne

Le ballon se dégonflait de plus en plus.

Un *drame dans les airs*

Illustrée par Émile-Antoine Bayard

Jules Verne

Il reprit d'un ton ironique…

○目次○

永遠のアダム

ツァルトーク・ゾフル＝アイ＝スル——つまり、〈博士にしてゾフル家一〇一代目の第三男子承継相続人〉は、ハルス＝イテン＝シュー——別名〈四つの海の帝国〉の首都バシドラの大通りを、ゆっくりした歩調で歩いていた。じじつ、この広大な国の領域は、北はテュベローヌ、南はエオーヌ、東はスポネ、西はメローヌという四つの海にかこまれていた。たいそう不規則な形をした国で、その先端はそれぞれ（読者におなじみの尺度をもってはかれば）、東経四度、西経六二度、北緯五四度、南緯五五度におよんでいた。四つの海の広さについては、どうして量ったらいいか、量りようがなかった。というのは、海はすべて連続しているので、航海者が海岸のどこかを離れて航海をしつづけていけば、かならず正反対の位置の海岸に到着してしまうからであった。なぜなら地球には、ハルス＝イテン＝シュー以外の大地はなかったからだ。

ゾフルは、ゆっくりと歩いていた。なにしろ、たいへん暑かったからである。スポンヌ

＝シューの海岸、つまり東海岸に面し、赤道から北方へ緯度で二〇度とへだたっていないバシドラでは、ちょうどそのとき天頂にさしかかった太陽が、強烈な光線を滝のように降りそそいでいた。

しかし博学の学者ゾフルの歩み遅々としているのは、暑さや疲労というものよりもさらに大きな原因があった。博士は、機械的な手つきで額の汗をぬぐいながら、いま閉会したばかりの儀式の模様を思い浮かべていた。その式では、光栄にも博士もその一人に数えられていたが、雄弁な弁士たちが、第一九五回の帝国建国記念日を、美辞麗句をつらねて祝いあげたからである。

ある者は帝国の歴史を、つまり全人類の歴史の跡をさぐらせてみた。最初はマハルト＝イテン＝シュー、すなわち〈四海にかこまれた陸地〉は、たがいにその存在も知らないような多くの未開種族によって分割されていた。もっとも古いしきたりをもつものは、これらの種族だった。それ以前の事実については知る人もなく、自然科学が過去の真暗闇のなかに、やっと微光を投げかけているような有様だった。いずれにしても、この遠くへだたった時代は、歴史的な視野のおよばぬところにあった。歴史的観念の基本的な材料と言えば、ここかしこに散在している未開種族に関する漠とした観念だけだった。

八〇〇年以上にもさかのぼれるマハルト＝イテン＝シューの歴史は、時代がくだるにつれて、しだいにより完全で正確な姿を現わしてくるとはいえ、争闘と戦争の記載しかなかった。争いはまず、個人のあいだに起こり、それから家族同士のあいだにひろがって、ついには、部族と部族とのあいだの衝突となり、やがて各個人、各集団は大小を問わず、競争相手を押さえて自己の最高権威を確立し、それらの競争者たちを、自己の支配下に隷属させることにこれ努めた。そしていろいろな運命に、しばしば得てして悲運に、見舞わさせる結果となったのである。

八〇〇年以降になると、人類の足跡は、いくらかはっきりしてくる。マハルト＝イテン＝シューの歴史は、ふつう四つの時代に区分されるが、その第二期のはじめになると、伝説は歴史という名で呼ばれるのにふさわしい形をとりはじめる。もっとも歴史と言おうが伝説と言おうが、話の内容は少しも変わりはなかった。たしかにもはや部族間だけの争いではなく、その後は民族間の争いになってはいたが、あい変わらず虐殺や殺戮がくり返されていて、結局のところその第二期は、第一期とそれほど変わっていなかった。

第三期についても事情は同じであって、六世紀近くつづき、二〇〇〇年ほどまえにやっと終結したばかりであった。おそらくこの第三期は、前の二期と比べると、人類は無数の戦闘集団に分かれ、あくことのない狂暴性にかられて、大地を彼らの血で染めていたのだから、はるかに残忍な時代だったと言えるかもしれなかった。

じじつゾフル博士がバシドラの大通りを歩いていた日から八世紀足らず前、人類は大変動に直面していた。そのころすでに武器と砲火と暴力とがその必然的な効果をあらわしていたのであって、弱者は強者の前に屈し、マハルト＝イテン＝シューの住民たちは、三つの等質な国家を形成していたのである。そして時を経るにつれてそれぞれの国家の内部では、かつての勝者と敗者との差がめだたなくなっていった。そのとき、これらの国家の一つが隣国を服従させようと企てたのだった。マハルト＝イテン＝シューのまんなかごろにあるアンダルティ＝ハ＝サムゴール、つまり青銅づくりのような冷酷な顔をした人間たちが、情熱的で繁殖力のつよい種族を閉鎖しているその国境をひろげようとして仮借ない戦いをはじめたのである。数世紀にわたる戦争という代価を払って、彼らはつぎつぎに南部に住むアンダルティ＝マハルト＝ホリス、つまり雪国の人間たちと、北から西へかけて帝国を形成しているアンダルティ＝ミトラ＝プシュル、つまり恒星の国の人間たちとを征服したのである。

これらの最後の二つの民族が抵抗を企て、その試みが血の海のなかに没し去り、大陸がやっと平和な時代を迎えてから、すでに二〇〇年におよぶ歳月がたっていた。これが歴史の第四期である。唯一の国家が三つの国家にかわって生じ、すべての人びとがバシドラの法律に従って生活していたので、これらの民族の政策上の融合が行なわれたのである。もはや青銅のような顔をした人間たちや、雪国の人間たちや、恒星の国の人間たちについて語る者はなく、大陸にはこうした異民族を統合した唯一の民族であるアンダルト＝イテン＝シュー、つまり四海の人間たちが存在するのみとなった。

ところがいまや、この二〇〇年にわたる平和な時代のあとで、第五期がはじまるように思われた。どこからともなく、またいつからともなくして、不穏な噂がひろまっていた。すでに忘れていたはずの祖先の記憶を人びとの心のなかに呼びおこす思想家が姿を見せていた。種族という古い感情が新しい形をとってよみがえり、新しい数々の言葉で特徴づけられていた。〈先祖返り〉〈親族関係〉〈国民性〉といったような言葉が、日常会話に使われるようになり、――それらはいずれも最近の造語だったが、必要に応じてできた言葉だったので、ただちに市民権を獲得してしまったのである。――生まれ、容貌、気質、利害関係、あるいは単に地域や気候の共通性によって、いくつかの集団が形成され、それはしだいに拡大し、活動を開始したように見えた。このようにして生まれた運動は、今後どのような展開を見せるだろうか？　帝国は、やっと形成したばかりだというのに、分解してしまうのだろうか？　マハルト＝イテン＝シューは、かつてそうだったように、数多くの国ぐにに分割されてしまうのだろうか、それともその統一を維持するために、何千年にもわたってこの大陸を死体置き場に変ぜしめてしまった、あのおそるべき大殺戮にまたしても訴えざるをえないのだろうか？

ゾフルは頭をひとふりして、このような考えを払いのけた。これらから先のことは、彼にもだれにも、わかるはずはなかった。はっきりしないことを考えてみて悲しんだところでどうなることか？　それに今日《きょう》は、こうした不吉な予想を思いみるべきではない。今日こそ、ハルス＝イテン＝シューの第一二代の皇帝、その王権のもとに世界が輝かしい運命へと向かっているモガル＝スイ帝の偉大さのことを考うべきではなかろうか？

それに加えて博士にとっては、喜ぶべき理由が数々あった。マハルト＝イテン＝シューの年代記を叙述した歴史家のほかにも一群の学者たちが、この崇高な記念日に際して、それぞれ専門分野において人智の総決算を示し、人類が幾世紀にもわたる努力の結果到達した点を明確にしてくれたからである。ところで歴史家は、いかに緩慢で曲折した道を経ることによって人類がその原始の獣性から抜け出たかを物語り、それである程度まで悲しい考察を与えたのだったが、ほかの学者たちは聴衆に正当な誇りを抱かせるような糧《かて》をあたえたのだった。

そうだ、たしかに人間が裸で無防備のまま大地に生まれてきたときの状態と現在のそれとを比べてみれば、賛嘆しないわけにはいかない。幾世紀ものあいだ、人間は兄弟同士たがいに反目し憎しみあいながら、一瞬たりとも自然に対する闘いを中断することなく、たえずその勝利の幅をひろげつづけてきた。最初は緩慢だったその勝利の歩みも、ここ二〇〇年来は、おどろくほどその速さを増していた。治世が安定し、世の中が落ちつきをみせ、科学の飛躍的な発展を促したからだった。人類はもはや手足だけではなく頭脳を使うようになり、無意味な戦争に精力を消費するかわりに考えるようになったからだった。であればこそ、この二世紀のあいだは、知識と物質の馴化に向かって、たえず急速なる発展をとげてこられたのである……。

ゾフルは、灼けるような太陽が照りつけるバシドラの長い通りを歩きながら、人類の勝利の痕を、心のなかに思い描いていた。

まず人類は、自分の考えを不動のものにするために——それらは時の流れに消え去ったとはいえ——文字を発明した。ついで五〇〇年ほど前に——永久的につくられた版型によって、無数の部数を刷り、書かれた言葉を伝える手段をみいだした。現実に、すべての他の発明を生んだのは、この発明が成されたからである。このために脳が刺激を受け、各人の知能が隣人の知能を吸収して豊かになり、理論的分野でも実際的方面でも発見が飛躍的に増大した。その数たるや、いまはもはや数えられないほどになった。

人類は大地の奥ふかくに入りこみ、石炭を発見して良質な熱資源としたし、水の潜在的な力をひきだした。そしてその後、蒸気によって線路の上を重たい列車を引っ張ったり、精巧で正確なたくさんの機械を動かしたりしている。こうした機械のおかげで人間は、植物の繊維を織ったり、金属や大理石や岩石に思うがままの加工をほどこすことができるようになった。これほど具体的でない分野にあっても、もしくはその発見がすぐに直接に応用されない場合にあっても、人間はしだいに、数の神秘のなかにはいりこんだり、無数につらなる数学の真実の世界をよりふかく探究しつづけてきた。そうした結果、人間の思索は空高く駆けまわるようになった。太陽がその灼熱した軌道に七つの惑星（つまりアンダルト＝イテン＝シューは海王星なるものを知らなかった）を引きつれ、厳密な法則によって宇宙空間を回っている一つの星にすぎないことを人間は知るに至った。また人類は、ある種の無機物を化合して、その材料とはなんら関係のない新たな物質を作りだしたり、ほかの物質をその元の構成要素に分解する技術を会得したりした。また音や熱や光を分析し、それらの性質や法則を決定しはじめていた。五〇年以前に、雷鳴と稲妻とがそれらの恐るべき存在証明であるその力を生みだすことを知るようになると、人間はただちにそれらを自分らの思うがままに使いこなした。すでにその神秘的な力は、書きしるされた考えをとてつもない遠隔の地にまで伝達しているし、明日《あす》には音を、さらにその後は、おそらくは光までも伝えることになるであろう。（ゾフル＝アイ＝スル博士がこのような考えをいだいているところをみると、当時アンダルト＝イテン＝シュー族は電信機は知っていたが、電話や電気はまだ知っていなかったことがわかる）……そう、たしかに人間は偉大であって、広大な宇宙よりももっと偉大であり、やがて近き将来には、支配者として宇宙を支配するに至るだろう……。

そうなれば、完全な真実を把握するに至るには、つぎの最後の問題だけが未解決のままに残ることになろう。〈世界の支配者であるこの人間は何者であったのか？　どこからやってきたのか？　その疲れを知らぬ努力は、いかなる未知の結末をめざしていたのだろうか？〉

ゾフル博士がいま出てきた儀式の席上で論じたのは、まさにこの広大な問題であった。たしかに、それは問題に触れただけでしかなかった。なにしろこのような大問題は現状では解決できなかったし、おそらくはこれからもなおいつまでも未解決のままで取り残されるだろうからだ。だがしかし、いくつかのほのかな光が、その謎を照らしはじめていた。

そしてそれらの微光のなかでも、もっとも強い光を放っていたのが、ゾフル博士ではなかったろうか？　博士は先輩たちの忍耐づよい観察と自分自身の考えとを組織化して体系化し、生物の進化の法則を確立したのであった。それは現在、一般的に認められている法則であって、だれ一人としてそれに反対する者はいなかった。

この理論は、三つの基礎の上に成り立っていた。

その第一は地質学であって、この学問は地中の発掘が進むにつれて完成していった。そのために地殻は完全に知りつくされ、その年齢は四〇〇万年と推定されて、マハルト＝イテン＝シュー大陸が今日のような姿をとるに至ったのは、二万年前と断定されるに至った。それ以前は大陸は、海底の岩床を一面におおっている泥土が示しているように、大陸は海面の下で眠っていたのである。いったいどのような機構によって、大陸は海上に現われ出たのであろうか？　おそらくは、冷却した地球の収縮によってであろう。とにかく、この点に関しての理由がどうあろうとも、マハルト＝イテン＝シューが海底から出現したことは確実であると考えられるべきだった。

自然科学がゾフルの理論に、陸上と海底の動植物とのあいだに緊密な関係が存在することを立証することによって、べつの二つの根拠を提供したのだった。ゾフルはさらに一歩を進めて、現存する植物のほとんどすべてがなんらかの海底の植物を祖先としており、またすべての地上および空中の動物が、海底の動物の子孫であることを証明してみせた。これらの海底動物は緩慢な、しかも絶えまない進化によって、当初の生活環境から最初はごく近い環境に、ついでかなりへだたった環境へとしだいに順応し、だんだんと過程を経て陸や空に住んでいる大部分の生物を生んでいったのである。

不幸にしてこのような巧妙な理論にしても、欠点がなくもなかった。地上の動植物が海底の動植物を祖先にもつことはほとんどすべての人びとに容認されていたが、しかしすべての人が承服しているわけではなかった。じじつ、水中の生物と結びつけて考えられない動植物が、いくらか存在していた。ここにこの理論の二つの弱点の一つがあった。

それにゾフルも隠し立てしてはいなかったが、——人間そのものが、もう一つの理論上の弱点だった。人間と水生動物とを、どうしても結びつけることができないからだった。たしかに呼吸や、栄養摂取や、運動などの本質的な機能や物質などは同一であり、同じようにはたらき、またかなり似た形ではたらいてはいたが、しかし器官の外形や数や配置のあいだには越えがたい深淵がよこたわっていた。環がまったく欠けてないといっていい一本の鎖で、大部分の動物を海からあがってきた祖先に結びつけることができたにしても、人間に関するかぎりは、このようなつながりは認めがたかった。したがって進化論を無傷のままに保つためには、海中の生物と人間とに共通した始祖を仮定する必要に迫られたが、それは根拠のない想像であって、まったく何一つその往年の存在を証明するような事実はなかった。

一時ゾフルは、彼自身の偏重している考えに有利な証拠を地中に発見できるものと期待していた。博士の示唆と指導のもとに、長い月年にわたって発掘が進められたが、その結果は、主唱者が予期していたものとは反対の結果になってしまった。

現在毎日見られる動植物に類似した生物の腐敗によってできた腐植土の薄い上層を掘ってみると、泥土の厚い層に至り、過去の遺跡がその自然の姿を変えていた。この泥土のなかには、現存している動植物の跡はまったく見られず、主として海中生物の化石の大きな堆積が見られるだけで、その同種属がいまなお、マハルト＝イテン＝シューをかこむ海洋中に、ごくひんぱんに見受けられるのである。

このようなことから、どのような結論が得られるであろうか？　地質学者たちが、大陸もかつてはこれらと等しい海洋の海底にあったのだと主張するのも正しいし、またゾフルが現存する動植物の海洋起源説を主張するのも間違いではなかろう？　奇型とみなされるごく稀な例外をのぞいて、水棲形と陸棲形とが跡をとどめているただ二つの生息形態だとすれば、後者が前者から生まれたことは必然的であった。

このような理論の普遍化にあたって不幸にも、なおそれ以外の発見があったのである。腐植土のあらゆる層から泥土の最上層部に至るまで、無数の人骨が散在しているのが明るみに出されたからなのだ。これらの骨片の構造にはなんら例外な点はなく、ゾフルは自分の理論を立証してくれるような中間的な生物の存在を見いだすことを断念せねばならなかった。それらの骨はたしかに人類のもので、それ以外の何ものでもなかった。

しかしながら、そのうちまもなくして、かなり顕著な一つの特徴が認められるに至った。ほぼ二、三千年前までさかのぼるあいだは、骨が古ければ古いほど、発見された頭蓋骨は小さかった。ところが、この時期よりもさらにさかのぼると、比例は逆になって、過去にさかのぼればさかのぼるほど、頭蓋骨の容積は増大し、したがってそのなかにある脳髄の大きさも増してきた。その最大なものは、まずそれはごく稀ではあったが、泥土の上層部において見つかった残骸のなかで、まさに見いだされたのである。その尊い遺骸を綿密に調べてみると、遠い時代に生きた人間たちは、ゾフル博士の同時代人をも含めて――後代の人間たちよりもはるかに発達した頭脳をもっていたことは疑うまでもなかった。つまり、一六〇世紀から一七〇世紀ものあいだ退化が行なわれていたわけで、それから新たな進化がはじまったことになる。

ゾフルは、このような異様な事実を知って混乱し、さらに調査を進めることにした。もっとも穏健な見方によっても、泥土の層は端から端まで、最低一万五千年から二万年にかけて堆積したような厚みをもっていた。これらの層を越えると、驚いたことに、古い腐植土層のかすかな残りが見いだされ、ついでこの腐植土の下には、調査の場所しだいで、いろいろと変わった岩盤がみつかった。しかもなおいっそう驚いたことには、あきらかに人体のものと思われるいくつかの遺物が、このような神秘的な深いところで発掘され、もちだされたことだった。発掘されたのは、人体の骸骨の一部分や、武器か機械の破片や、陶器のかけらや、未知の言語で書かれた碑文の断片や、精巧に細工された硬い石などで、なかには彫刻をほどこされてほとんど無傷のままで残っている石像もあり、繊細な細工のある柱頭もあった。こうして発掘された全体から、このような結論を論理的にひきだすことができた。約四万年前、つまり現在の人間の始祖がどこからともなく、なんとかして出現したときより二万年以前に、すでに人類はこの同じ土地に住んでいたのであり、たいへん進歩した文明の段階に達していたということである。

じじつこのことは、一般的に認められた結論だった。しかしながら、それに対して、少なくとも反対者が一人あった。

その反対者は、ゾフルその人にほかならなかった。子孫から二万年もの深い谷間をへだてて、ほかの人類がはじめてこの地球に住んでいたという事実を認めることは、博士の意見によると、まったくの気違い沙汰だった。もしそうだとすれば、そんな昔に消滅したそれら先祖の子孫たちは、いったいどこからやってきたのか、それらを結ぶなんらの絆もないではないか？　こんなばかげた仮定を認めるくらいなら、今後に期待したほうがはるかにましだ。だが、こうした奇怪な事実に説明がつけられないからといって、それが説明不可能だと結論してはいけない。そのうちいつか解釈できるかもわからないからだ。それまでは、そういったことは無視して、はっきりと条理の立つ次の大原則に忠実であればいいのだ。

地球の歴史は、二つの段階に分けられる。人類以前と、人類以後とにだ。第一段階では、地球は絶えず変動している状態であり、このために人が住むことができず、無人の世界だった。第二段階で、地表は安定を約束しうる凝集度に到達した。ついに確固とした基層をもつようになると、ただちに生命が生まれた。生命は最初もっとも単純な形態をとっていたが、しだいに複雑になっていって、ついにその最終において、もっとも完全な最後の形である人間というものになった。人間は地球上に姿を現わすと、すぐに進歩をしはじめ、たえず進歩しつづけた。緩慢だが確実な足どりで、人類は宇宙を完全に知りつくし、それを絶対に支配しようとして、その目的めがけて歩きつづけたのだ……。

ゾフルは自分の確信の熱に浮かされて、いつしか自宅の前を通りすぎてしまった。彼は文句を言いながら、取って返した。

〈なんということだ！〉と、彼は思った。〈四万年も前にか！　たとえそれが今日われわれが享受している文明よりもすぐれているとは言えないまでも、それと比肩し得る文明にまで達し、しかもその知識や成果がなんらの痕跡もとどめずして消滅し、そのためにその子孫たちは無人の世界の開拓者として再びその基礎から仕事をはじめねばならないとは？……しかしそれは、未来を否定することであって、いかにわれわれの努力が無駄なことであり、進歩などはすべて海面に生じる泡のようにはかなく、心もとないものだと宣言するようなものではないか！〉

ゾフルは、わが家の前で立ちどまった。

「Upsa ni!……hartchok!……（いや、いや！……ほんとうなんだ！……）Andart mir, hoëspha!……（人類は万物の長ではないか！……）」と、彼は入口のドアを押しながらつぶやいた。

博士はしばらく休息してから、旺盛な食欲で昼食をとり、それから日課の午睡をとるために横になった。だが、家にもどりながら心のなかで湧きあがった問題がいつまでもついて離れず、眠気を追いはらった。

非難されないほど完璧な自然体系を打ちたてたいという博士の悲願がどうあろうとも、

人間の起源と形成という問題に近づこうとすると彼の体系がいかに弱体であるか気づかないほど、彼は批評精神を欠いてはいなかった。だが、あらかじめたてた仮定に合うように事実を曲げることは、他人を説得するには有効な手段かもしれないが、自分を納得させるわけにはいかなかった。

ゾフルが学者でもなく、とくに秀でた博士でもなく、無知蒙昧の輩だったら、これほど困りはしないだろう。じじつ一般の人びとは、とくに深く考えを掘りさげて時間を無駄にするようなことはなく、父から子へと大昔から伝えられてきた古い伝説をそのまま受け入れて満足していた。その伝説は、謎を別の謎で説明するもので、人間の起源を超人的な意志の働きに求めていた。ある日、この地球外の神が、無からエドムとイバという最初の男女を創りだし、その子孫が地上に生息したのだった。こうすれば、万事がすべて簡単にけりがついた。

あまりにも簡単すぎる！　と、ゾフルは思った。なにごとかを理解するのに絶望するからと言って、すぐに神を持ちだすのは、あまりにも簡単に考えすぎるというのだ。こんなふうだと、問題は設定されるとすぐに消えてしまうので、宇宙の謎を解明しようとすることなど、無益なことになってしまう。

　その俗間の伝説が確実な根拠らしいものを持っていれば、まだしもなのだ！　ところが、なんらの根拠もないのだ。それは無智蒙昧な時代に生まれ、時代から時代へと伝承されてきた一つの伝説にしかすぎなかった。〈エドム……〉という名前にしても、アンダルト＝イテン＝シュー語固有な言葉とは思われず、この外来語の響きを持った奇妙な言葉は、いったいどこから来たのだろうか？　このささやかな文献学上の難問だけについても、無数の学者たちが満足のいく解答を見いだせずに真っ青になっていた……それにしても！　こうしたことにしたって、博士の注意をひくに値しない他愛のない話なのさ……。

　ゾフルはいらいらし、庭に降り立った。それは、いつも彼がそうするならわしの時刻だった。傾きかかった太陽が大地に前ほど熱くない光をそそぎ、なま暖かい微風がスポンネ＝シューから吹きはじめていた。博士は木蔭の散歩道を逍遥した。沖からの風を受けて葉がふるえ、かすかな音を立てていた。しだいに神経が、いつもの平静さを取りもどしていた。博士は、わずらわしい考えを払いのけ、静かに大気を吸いこみ、庭の富である果実や、庭の飾りである花ばなに関心を示すことができた。

博士は散歩の途中でなんどとなく家のほうへもどりかけながら、たくさんの道具が投げだしてある深い穴のへりに立ちどまった。近いうちに、そこに新しい建物の土台ができて、博士の研究室の広さは二倍になるはずだった。しかし祝日であるこの日は、労働者たちは仕事を休んで、遊びに出かけていた。

ゾフルは、すでに完成された工事と、まだ未完成の部分とを見くらべていた。するとそのとき、穴のうす暗がりのなかで、なにか光っているものが、彼の注意をひいた。博士は好奇心にかられて穴の底に降り立ち、大地に四分の三ほど埋まっているその奇妙なものを引きだした。

穴から出ると博士は、その掘りだしものを注意ぶかく調べた。それは灰色の、表面がぶつぶつした未知の金属から成る一種の箱で、長いあいだ地中に埋められていたので光沢は失われていた。縦三分の一ほどのところに継ぎ目があり、箱は二つの部分をはめこんでできていることがわかった。ゾフルは、箱をあけようとした。

すると金属は、長い歳月をへて風化していたのでこなごなになり、中にあった第二の物体が現われた。

その物質がまた、それまでその物質を保護していた金属同様に、博士にとっては真新しいものだった。それは薄紙を重ね合わせて巻いたもので、その紙は奇妙な記号でびっしり埋められていた。その規則正しい点から、それらが文字であることは明らかだった。それはゾフルがかつてそれと類似したものさえ見たことのないような未知の文字だった。

博士は興奮のあまりからだを震わせながら書斎に駆けこみ、貴重な資料を注意ぶかくひろげると、じっと見つめた。

そう、それはたしかに文字だった。たしかに間違いなかった。だがその文字が、有史以来地上で使われてきたいかなる文字にもまったく似通っていないこともまた事実だった。

この資料は、どこから来たのだろうか？　どういうことを書きしるしているのだろう？　こうしたことが、ゾフルの心中に生じた二つの疑問であった。

第一の疑問に答えるには、どうしても第二の疑問が解けていなければならなかった。したがってまず解読すること、ついで解釈することを要した。というのは、その資料の言葉がその文字同様に未知なものであると、先験的に断言できたからであった。

それは不可能な試みではなかろうか？　ゾフル博士はそうとは考えず、いささかの遅延もなしに、一心に仕事に取りかかった。

研究は長期にわたって、幾年もつづいた。ゾフルは疲れを知らなかった。気を落とさず、不可解な文献を組織的に研究していき、一歩一歩解明に向かって進んでいった。ついにある日のこと、解きがたい謎の鍵を手に入れることができ、また多くの躊躇と苦心を重ねたすえ、その文献を〈四海人〉の言葉に翻訳するに至った。

さて、その日がきたとき、ゾフル＝アイ＝スル博士は、次のようなことを読んだのである。

＊

二千……年五月二四日、ロザリオにて

わたしはこの物語を、この日付を付して書きはじめることにする。じつはこの物語は、ずっと最近になってから別の場所で書いたのであるが。しかしこのような題材にあっては、事の次第がたいへん重要なように思われるので、その日その日に書かれた〈日記〉という形式を採ることにする。

さて、あの恐るべき事件の話がはじまったのは、五月二四日のことである。わたしがここであの事件を物語る気になったのは、あとから来る人たちの後学のためであって、それというのも人類がまだなんらかの意味合いで未来を期待できると考えたうえでのことなのである。

ところで、何語で書くべきであろうか？　わたしが流暢に話せる英語かスペイン語にすべきだろうか？　いや！　わたしの母国語のフランス語で書くことにしよう。

あの日、五月二四日に、わたしはロザリオにあるわたしの別荘に幾人かの友人を招待していた。

ロザリオは太平洋に臨み、カリフォルニア湾よりやや南に位置するメキシコの町である、というよりも町であった。一〇年ほど前にわたしは、わたしの所有するところの銀山の採掘を監督するためにこの町に来たのだった。わたしの事業は、驚異的な繁栄をみていた。わたしは金持になった。大金持といってもよかった――こんな言葉は、今日のわたしにとっては笑止のかぎりではあるが！――そしてわたしは郷里のフランスにまもなく帰国する計画をたてていた。

わたしの別荘は贅沢をつくしたもので、それは海に向かって傾斜をなし、急に一〇〇メートル以上の断崖となっておわる広大な庭園の絶頂に建っていた。わたしの別荘のうしろは土地がずっと高くなっていて、曲りくねった道をたどると、高さ一五〇〇メートル以上の山頂に達することができた。それはたいへん気持のいい散歩道だったので、わたしはしばしば乗用車に乗って、その道を登った。わたしの車は三五馬力の四人乗りで、性能のいい、みごとなファエトン車で、フランスでは最上級に属するものの一つだった。

わたしは二〇歳になる美青年の息子のジャンと、ロザリオに住んでいた。その後わたしと親しいある遠縁にあたる親戚の者が死んだので、その娘のエレーヌが遺産もなく孤児として放置されていたのを家へ引きとることになった。そのときから五年の歳月が流れた。息子のジャンは二五歳になり、被後見人のエレーヌは二〇歳だった。わたしは心の奥底で、この二人を結婚させようと決めていた。

わたしの家の家事万端は、召使のジェルマン、もっとも機敏な運転手であるモデスト・シモナ、庭師のジョージ・ラレーとその妻アンナ、そしてその娘たちのエディットとマリという二人の女中によってなされていた。

その日、五月二四日には、わたしたち八人は庭にすえられた発電機を電源とするランプの光のもとで、テーブルについていた。その家の主人と息子と、その被後見人それに五人の客、そのうち三人はアングロ・サクソン人種で、あとの二人はメキシコ人だった。

バサースト医師は前者に属し、モレノ医師は後者の人間だった。二人は、言葉の広い意味で共に学者であったが、そのことは何も二人の意見が稀にしか一致しないことの妨げとはならなかった。要するに二人とも、気のいい人たちであり、この世における最良の友だちだった。

他の二人のアングロ・サクソン人は、ウィリアンソンというロザリオの大漁場主と、ローリングという、町の郊外に早成り栽培の菜園をこしらえて、目下大儲けの真最中だという傍若無人な男だった。

最後の一人はロザリオ法院長のメンドーザ氏で、高潔な人柄で、広い教養をもち、公明正大な判事だった。

われわれは、べつにこれといった事故もなく、無事に食事を終えた。そのときまでどんな話が出たかは、すっかり忘れてしまっていた。それに反して、食後の一服になってからの話は、よく頭に残っている。

それは、話題それ自体がとくに重要だったからではなく、それについてまもなく乱暴な注釈がほどこされ、話に興奮させるような辛辣な点があったからで、それゆえあのときの会話を、わたしは忘れることができないのである。

話題は——どうしてこうなったか、そんなことはかまわない！——人類によって果たされた進歩のことにおよんだ。バサースト医師が、ふと、このようなことを言った。

「もしかしてアダム（アングロ・サクソン人として、もちろん彼はエデムと発音した）とイヴ（当然彼はイヴァと発音した）が地上にもどって来たならば、きっと二人ともびっくり仰天するでしょうね！」

これが議論のはじまりだった。熱烈な進化論者で、自然淘汰の断固たる信者であるモレノはバサーストに向かって、それでは失楽園の伝説をまじめに信じているのかと、皮肉たっぷりにたずねた。バサーストはそれに答えて、少なくとも彼自身は神を信じており、アダムとイヴの存在が聖書によって確認されている以上は、それについてあげつらうようなことは慎みたいと言った。それに対してモレノは、少なくとも反対者と同じくらいに神を信じているが、最初の男女という考えは神話か寓話にすぎず、したがって聖書はそのような話を通して神によって最初の人間に息が吹きこまれ、そこから他の人間が生まれたとしるしておきたいのだと考えても、なんら不信心なところはないと反駁した。するとバサーストは、そういった説明は外見上もっともらしいだけであって、自分としては多かれ少なかれ猿に似た霊長類の子孫であるよりは、神によって創られたものであると考えたほうが誇り高いと言って、やり返した……。

いよいよ議論が沸騰点に達したと思ったとき、二人の論争者は偶然にも了解点を見いだして、瞬時にして議論は断ち切られた。まずこのようにして決着を見るのが、毎度のことなのだったのだ。

今日は、二人の論争者は第一の主題に帰って、人類の起源がいかなるものであろうとも、人類が到達した高い文化を称賛する点では一致した。二人は誇らしげに、人類が獲得したものを列挙した。ありとあらゆるものの名が挙げられた。バサーストは化学をほめあげ、いまでは化学はあまりにも高い完成度に達したので、消滅して物理学と融合する傾向を見せていると言った。つまり両科学とも内在的なエネルギーの研究を対象としているので、もはや一つの学問しか形成していないからだった。モレノは医学と外科手術とを称賛した。そのために生命現象の内的性質があきらかとなり、その驚異的な発見のおかげで、近い将来において器官の不死が可能になりそうだと言うのである。そのあとで二人は、天文学が到達した高みを共にたたえ合った。いまや人間は、ほかの星との連絡を他日に期しながら、太陽の惑星のうち七つと連絡を保っているではないか？（これらの言葉によれば、この日記に書かれているであろう時代には、太陽系は八以上の惑星を持っており、人類は海王星よりも遠い星を一個ないし数個発見していることがわかるであろう）。

自分自身の熱狂ぶりに疲れ果て、二人の弁明者たちは少しのあいだだまった。その機会を利用してほかの客たちは一言口をさしはさむこととなり、会話は人間の条件を底の底まで変えた技術的発明という広い領域にはいった。みんな一同、重くてかさばる荷物の運搬にあたっている汽車や蒸気船や、忙しい旅客が重宝している経済的な飛行船や、あらゆる大陸や大洋を経めぐって多忙な人間の片腕となっている気送管や電気イオン管による速達便をほめあげ、互いに巧妙さを競い合い、ある種の工業では一台で人間一〇〇人分の仕事をやってのける数多くの機械をほめそやした。また色や光の印刷や写真術、音や熱などのあらゆる空気震動の記述化が称賛されたが、なかでも称賛の的となったのは、電気だった。それは大層柔軟で、また従順であり、その性質や本質が知りつくされている動力であって、そのおかげで少しも物質的な連結物がなくても機械装置を動かしたり、船や潜水艦や飛行機を操縦したり、どんなに遠くからでも互いに送信し合ったり、話したり、顔を見合ったりすることができたのである。

それは、要するに熱狂的な賛辞であって、正直に言って、わたしもその片棒をかついだのである。みんなの意見が一致した点は、人類はかつてないほどの知的水準に達し、自然に対する決定的な勝利が確信できそうだということだった。

「しかしね」と、メンドーザ法院長が、このような結論につづいた沈黙の間隙に乗じて、小さいがやさしい澄んだ声で言った。「今日では滅亡してしまってなんらの痕跡をも残していない民族が、すでにわれわれと同等もしくはそれに近い文明の状態に立ち至っているという話を聞きましたがね」

「どういう民族です?」テーブルについている一同が、いっせいにたずねた。

「そうね……たとえば、バビロニア人です」

一同いっせいに哄笑した。バビロニア人を現代人と比較するとは!

「エジプト人もです」と、ドン・メンドーザは、平然として言いつづけた。

みんなは一段と高く哄笑した。

「それに、わたしたちが無智なばかりに伝説化してしまったアトランティスにしても、同じことが言えます。そのアトランティス以前にもたくさんの人たちが生まれ、そして栄えて消えていったのですが、われわれはそれらの人びとについて、なんら知ることがないのです！」

ドン・メンドーザがあくまでも逆説を弄する気持らしいので、一同は氏の気持を害さないように、その話をまじめに聞いているようなふりをした。

「でも、法院長さん」と、モレノは子供に言いきかせるときに使うような婉曲な口調で言った。「あなたは、そうした古代の民族がわたしたちに比肩しうるとおっしゃるつもりではないでしょうね？　精神的領域でわたしたちと同じくらい高い教養を身につけていたというならわかりますが、物資的領域でということになると……」

「なぜいけないのですか？」と、ドン・メンドーザが喰ってかかった。

「なぜなら」と、バサーストが勢いこんで説明した。「わたしたちの発明の特質が、ただちに全地球に伝播するという点にあるからです。したがいまして一民族どころか多くの民族が同時に消滅したとしても、ひとたび成就した進歩は、そのまま無傷で伝えられます。人間の努力が無に帰してしまうには、全人類がいちどきに滅亡するという事態が生じなくてはなりません。しかし、そのような事態が予測できるでしょうか？……」

こんな会話がやりとりされているあいだに宇宙の彼方では因果関係がつぎつぎと引きおこされ、バサースト医師が疑問を提出してから一分とたたないうちにその総合的な結果があらわれて、メンドーザの懐疑的な態度を正当化しても余りある結果となった。しかしわれわれは、そんなことになろうとは予期してもいなかったので、ある者は椅子の背に頭をもたせかけ、ある者はテーブルにひじをついて、いまのバサーストの返答でメンドーザがやりこめられたものと思い、メンドーザに寛大な眼差しを注ぎながら、平然として議論をたたかわせていた。

法院長は少しも感動を見せずに答えた。「まず地球には昔は、今ほど人間がいなかったと思いますよ。ですから一民族が単独に全知識に通暁していたことが充分に考えられるのです。それからまた、地球の全域にわたって同時に変動がおこったということを認めても、先験的にはなんら不合理な点はないと思いますよ」

「まさか、そんなことを!」と、われわれはいっせいに叫んだ。

大変動が生じたのは、まさにこのときだった。

「まさか、そんなことを!」と、みんなして言っている最中に、おそろしい物音がした。大地がゆれ動き、からだが地面に吸いこまれていくように思われ、別荘が土台からぐらついた。

なんとも言いようない恐怖にかられて、わたしたちはぶつかり合い、押し合いしながら外へ飛び出した。

わたしたちが戸口から出ると、ただちに家はひとたまりもなく崩れ落ちた。いちばんうしろにいたメンドーザ法院長と、わたしの召使のジェルマンとが、くずれ落ちた建物の下敷になってしまった。ごく当然のことながら、数秒間狂乱状態におちいったあとで、わたしたちは二人を助けだす気になった。するとそのとき庭師のラレーが妻を連れ、住んでいる庭の下のほうから駆けあがってきた。

「海が!……海が!……」と、彼は声をかぎりに叫んでいた。

わたしは、海のほうをふり返ってみた。そして余りのことに茫然として立ちすくんでしまった。それは、わたしが目にしたことを、はっきり理解したからではなかった。景色がいつもとはちがっていることを、とっさに見てとったからである。ところで、わたしたちが必然的に不動のものだと考えていた自然現象が数秒のうちに奇妙な変動をとげたのを見れば、恐怖のあまり心が凍えるのは当然ではなかろうか?

しかしわたしは、すぐに冷静さを取りもどした。人間が真にすぐれている点は、自然を支配し、征服することにあるのではなく、思想家にとっては、それは自然を理解し、無限の宇宙を自己の頭脳という小宇宙に閉じこめることであり、活動家にとっては、物質が立ち向かってきても平然として、こう言えることである。

「わたしを滅すなら、滅したらいい! だが、わたしの心まで動かすことはできないぞ! 断じて!……」

冷静さを取りもどすとすぐにわたしは、いま見ている光景とふだん見慣れている光景とどこがちがうかがすぐにわかった。断崖が消えてなくなり、庭が水面すれすれまでに陥没したのだ。そして波は庭師の家を破壊した後こんどは一番低いところにある花壇をはげしく洗っていた。

水面が隆起したとはまったく考えられないので、必然的に地面が低下したと考えなければならなかった。それも、沈下する前の断崖の高さだけ低下したのだから、一〇〇メートル以上低くなったことになる。だがその沈下はかなり穏やかになされたにちがいなく、わたしたちにはほとんどそれが意識されなかったし、それにしては海が比較的に静かだったからだ。

少し様子を見ているうちにわたしは、自分の推量が正しいと同時に、沈下がまだつづいていることを確かめることができた。じじつ海は、一秒間に二メートルほどの速さで、――つまり一時間に七、八キロメートルに達するほどの速さで、迫ってきていた。もし沈下の速度が依然として変わらないとすれば、もっとも近い波とわれわれとのあいだの距離から見て、われわれは三分以内に呑みこまれてしまうにちがいなかった。

わたしは、ただちに決断をくだした。

「自動車に乗ってください!」と、わたしは大声で言った。

みんなは、わたしの意図するところがわかった。わたしたちは車庫に駆けつけ、車が外に引きだされた。たちまちガソリンは満タンになり、わたしたちはままよどうなれという気持で乗りこんだ。運転手のシモナはモーターを動かし、運転手席に飛び乗って伝動装置を入れ、全力をあげて道路に飛びだした。そのとき鉄格子を開けて待っていたラレーは、走ってくる自動車に飛び乗り、後部のスプリングにしがみついた。

うまくまにあった！　自動車が道路に出たとき、一つの波がくだけて、車輪のボスまで濡らした。だが、へいちゃらだ！　もういくら波が打ち寄せてきたって、笑っていることができるんだ。荷が重たい感じだが、優秀な車だから、波が達しない範囲外にわれわれを連れだしてくれるだろう！　地盤沈下がつづかないかぎりは……けっきょくわれわれは、広い行動範囲をあたえられていた。少なくとも二時間は登っていけるし、一五〇〇メートルに近い高さまで、われわれの自由になった。

しかしながらまもなくわたしは、勝利の叫びをあげるにはまだ早すぎると認めざるをえなくなった。車が出だしの速力で泡だつ波打ちぎわから二〇メートル離れたあとで、いくらシモナがエンジンを吹かしてもだめだったのである。距離が少しもひらかないのだ。おそらく一二人の人間の体重が、車の速度をおとしているのだった。とにかく車の速度は、浸水してくる水の速度と、まったく同じだったので、水とわれわれとの距離は少しも変わらなかった。

この不安な状態はまもなくみんなの知るところとなり、車の運転に懸命になっているシモナは別にしても、一同ふり返っていま登ってきた道のほうを見やった。見えるものは、ただ水ばかりだった。道は登ってくるにつれて、つづいて登ってくる海に呑まれて消え去り、海はしずまり返っていた。わずかながらに小波《さざなみ》が立って、絶えず新しく変わる波打ちぎわに静かに打ち寄せていた。それは正しく絶えず膨張しつづける波静かな湖水のようだった。そしてこの静かな水の追跡ほど悲劇的なものはなかった。いくら逃げてもとうてい逃げ切れられず、冷酷にも水はわれわれとともに登ってきた。

それまで道路から目を離さずにいたシモナが、とある曲がり角まで来ると、こう言った。

「いま、ちょうど山の中腹です。あと一時間の登りですよ」

われわれは恐怖に震えあがった。ああ、なんとしたことか！ あと一時間で頂上に達してしまうのだ。そのあとは、おりるばかりで、そうなれば、われわれの速度がどうあろうとも水の塊に狩り立てられ、追いつかれて、われわれは雪崩にあったように呑みこまれてしまうのだ！……

時間は、われわれの状態になんらの変化をあたえずしてすぎた。すでにして山の頂上がはっきりと見えた。そのとき車ははげしくゆれ、横すべりをしはじめ、道の斜面にあやうくぶつかりそうになった。同時にわれわれの背後に巨大な波が湧きあがり、道に向かって押し寄せてきて、溝をつくり、自動車の上でくだけ散って、自動車を泡だらけにした……

あわや、われわれは呑みこまれたであろうか？

否！　水は泡だちながら引いていき、一方モーターは急にあえぎを早め、車の速度が増した。

どうして急に車の速度が増したのだろうか？　アンナ・ラレーの叫び声が、われわれにその理由を教えた。哀れな女の目にとまったように、たしかにスプリングにつかまっていたはずの夫の姿が、もうそこになかったのだ。おそらく波が引くときに、この不幸な男はさらわれたのだろう。そしてそのために身軽になった車は、いっそう軽快になって坂を登りはじめたのである。

とつぜん車は、その場に立ちどまった。

「どうした？　パンクしたのか？」と、わたしはシモナにたずねた。

このような悲劇的な状態に立ち至っても、職業人としての誇りは消え失せないものである。シモナは軽蔑をあらわに示して、肩をすくめた。彼のような運転手にとってはパンクなどはありえないことだと言いたげに、無言のままで道路を指さして見せた。そのとき、わたしにも停車した理由が呑みこめた。

われわれのいる前方一〇メートル足らずのところで、道路が切断されていた。まさしく切断されていたのである。それはまるで短刀でそがれたようだった。道はぷっつりと切れて鋭い山稜となり、その彼方には空間がひろがって、暗闇の深淵がひらいていて、その底になにがあるのか見定めにくかった。

わたしたちはびっくり仰天して、うしろを振り返った。いよいよ最期のときが来たと思ったからである。こんな高いところまでわれわれを追いかけてきた海だ、きっとあと数秒のうちに、われわれを呑みこんでしまうにちがいなかった……。

しかしながら心が張りさけんばかりに嘆き悲しんでいる不幸なアンナとその娘たちを別にして、われわれみんなは喜びの叫び声を思わずあげた。いや、海が登ってこなくなった

のだ、というよりも、もっと正確に言えば、大地が沈まなくなったのである。おそらくわたしたちがいましがた受けた動揺が、この異変の最後の現象であったのだろう。海は上昇するのをやめ、水面は、疾走したので息を切らしている動物のようにいまなお小きざみに揺れ動いている自動車のまわりに群がっていて、われわれよりもはるかに一〇〇メートルも下にあった。

はたしてこの窮地から脱出できるだろうか？　それは、夜が明けてみなければわからなかった。それまで待たねばならなかった。そこでわれわれはつぎつぎと地面の上によこたわり、神もお許しくだされると思うが、ぐっすり眠りこんでしまった！……

その夜のこと

わたしはとつぜん、すさまじい物音で目が覚めた。何時だろうか？　まるでわからない。いずれにしても、あたりは依然としてまっ暗闇である。

その音響は、道路が陥没してできた底知れぬ深淵から聞こえてきた。なにが起こったのか？……多量の水が滝となってそこへ落ちこみ、大波がはげしくぶつかり合っているような感じだった……そう、たしかにそうだ。泡が渦を巻いて、われわれのいるところまで押し寄せてくるし、波しぶきでからだがずぶ濡れになったからだ。

それから、少しずつ静けさがもどってきた……すっかりしずまり返った……空が青白くなった……朝である。

五月二五日

われわれの状況がだんだんと明らかになってくるのは、なんとつらいことだろう！　最初のうちわたしたちは、ごく身近のことしかわからなかった。しかし周囲はぐんぐんひろがっていって、その環は絶えずひろがり、まるで絶えず裏切られていた希望が、つぎつぎと薄いヴェールを際限なく少しずつ持ちあげていくようだった——そしてついにすっかり明るくなると、われわれの最後の幻想も、みごとに裏切られてしまった。

われわれの状態はごく単純で、数語で尽きるものだった。わたしたちは、一つの島の上にいるのである。海がぐるりと、われわれのまわりを取りまいていた。きのうはまだ大洋中にたくさんの山頂が見えていて、そのうちいくつかの頂上は、われわれのいる山頂よりも高かった。そうした山頂は姿を消してしまって、それよりも低いわたしたちのいるこの山頂が、それは永久にわからないだろうがなんらかの理由によって、その静かなる沈下を止めて、その代わりに果てしなく海がひろがっていたのである。四方八方が、海ばかりだった。わたしたちは、水平線によって描かれた大きな円周のなかでただ一つの固い地点を占めていたのである。

奇蹟によってわれわれが避難することができた小島の全体を知るには、ただ一目見わたすだけで充分だった。じじつ、それほど小さい島であって、長さはせいぜい千メートル、幅は五〇〇メートルほどだった。海面から約一〇〇メートルの高さにある島の高いところは、北、西、南では、かなりゆるやかな傾斜をなして海へ落ちこんでいた。東のほうは逆に、急な断崖で海にそそり立っていた。

わたしたちの視線がとくに向けられるのはこの方面である。この方角からは重々たる山嶺と、そのはるか彼方にメキシコ全土を見渡せるはずだった。春の短夜のあいだに、なんという変わりようであろうか！　山々は消え失せ、メキシコも波に呑まれていた。その代わりに果てしない無人の世界が、海という漠としたひろがりがあった。

わたしたちはびっくり仰天して、互いに顔を見合わせた。食糧もなく水もなくして、この狭い岩の上に取り残されたわれわれには、ごくわずかの希望さえも残されてなかった。やぶれかぶれになってわたしたちは地上によこたわり、死を待ち受けることにした。

＊

六月四日、ヴァージニア号の船中にて

それから数日間中に、どういうことが起こったであろうか？　わたしには、まったくその記憶さえもなかった。最後にわたしは、意識を失ったもののように思われた。そしてふたたび意識を回復したときには、われわれを拾い上げた船の上にいた。そのときはじめてわたしは、あの島にまるまる一〇日間滞在していたこと、そして仲間のうちウィリアンソンとローリングの二人が飢えと渇きのために島で死んだことを知った。災害が生じたとき、わたしの別荘にいた一五人の人びとのうち九人だけしか生存していなかった。息子のジャンと、わたしが後見人となっている孤児のエレーヌ、自動車をなくして悲嘆にくれている運転手のシモナ、アンナ・ラレーとその二人の娘、医師のバサーストとモレノ、――それとこのわたしだけで、わたしが急いでこのような記述をしているのは、将来新しい人種が生まれるものとして、その人たちを教化せんがためだった。

わたしたちが乗船しているヴァージニア号は、帆と蒸気を併用している、二千トンほどの貨物船だった。かなり老化した船なので、速力は出なかった。モーリス船長のもとに、二〇人の乗組員がその指揮下にあった。船長以下乗組員は、すべてイギリス人である。

一か月余り前にヴァージニア号は、メルボルンで荷揚げした後、ロザリオに向けて出発した。航海中べつに事故はなかったが、ただ五月二四日から二五日にかけての夜、驚くほど大きなうねりがあとからあとから押し寄せてきた。しかしそれらの波は異常な高さに応じて波長も大きかったので、たいして心配はなかった。このような波は奇妙ではあったが、船長にそのときおこりつつある災害を知らせることはできなかった。それゆえ船長は、ロザリオとメキシコ沿岸とがあるべきはずのところに海がひろがっているのを見て、ひどく驚かされたのである。この沿岸のうちで残っているのは、ただ一つの小島だけだった。ヴァージニア号のボートがこの小島に近づいてみると、一一人の人間が倒れていた。そのうちの二人は死体だったので、残りの九人を船に収容した。このようにしてわたしたちは、救われたのである。

いままで書いてきた最後の行から、八か月ばかりたった。この日を一月か二月とするのは、これ以上正確を期すことができなかったからである。つまりわたしには、正確な歳月の観念がもはやなかったのである。

この八か月は、われわれの試練のなかでもっともきびしい試練の時期で、残酷にもわたしたちは、自分らの不幸の全貌を少しずつ知らされたのである。

＊

一月か二月、陸地にて

わたしたちを収容するとヴァージニア号は、東に向けて全速力で航海をつづけた。われわれが意識を回復したときには、われわれが危うく死にかかった小島は、かなり前から水平線のかなたに姿を没していた。雲一つない晴天の日に船長がその現在位置を測定したところによると、そのとき船はメキシコ市があるべきはずのところを航海していた。しかしそのメキシコ市は、跡かたもなく消えていた。わたしが意識を失っていたときにも見えなかったが、いまでもどんなに遠くまで見やっても、陸影は少しも望まれず、どちらを見渡しても、果てしない海のひろがりしか見えなかった。

このような状況のもとにあっては、人を狂気に駆り立てるようなものがあった。わたしたちは、まさに理性がなくなっていくように感じられた。なんていうこった！……メキシコ全土が海中に没してしまったのだ！……この恐ろしい災害の荒廃の跡がどこまでひろがっているかと思いみたとき、わたしたちは驚きのあまり互いに顔を見合わせたものである……。

船長は、はっきり実状を突きとめたいと思った。そこで航路を変え、北に船首を向けた。メキシコがもはや存在しないとしても、アメリカ大陸全体が没したとは考えられなかったからである。

だが、そうだったのである。一二日間北上してみたが、無駄だった。まるきり陸影を見なかった。岬から岬へと進路を変え、約一か月かかって南へと針路を向けてもやはり陸地に出逢うことはなかった。だが、どんなに奇妙に見えようとも、明白な事実の前には屈するほかはなく、まさしく、アメリカ全土が、波の底に没してしまったのだ！

このような状態では、ふたたび断末魔の苦しみをなめるために救出されたということになりはしまいか？　じじつ、そのような懸念を抱くのも理由がなくもなかった。そのうちに食糧が不足することは申すまでもなく、さしあたって迫っている危険は、石炭がなくなって船が動かなくなったら、われわれはいったいどうしたらいいだろうかということであった。貧血をおこした動物は、このようにして息の根をとめてしまうのだ。それゆえ七月一四日――われわれはそのとき、かつてほぼブエノス・アイレスがあったその上に差しかかったとき――モーリス船長は火を落として、帆を張るようにと命じた。そうしておいてから船長はヴァージニア号の乗組員と乗客全員を集め、状況を簡単に説明した後、これらについて熟考を求め、あす開くであろう会議の席上で意見を具申してほしいと述べた。

わたしと運命をともにした仲間のだれかが、何かいい考えを浮かべたかどうかは知らない。わたしとしては、正直のところ、どういう名案があるかどうかはわからず、迷っていた。するとその夜、嵐がおこって、問題をすっぱり解決してしまった。荒れ狂う嵐に追われて、われわれは西のほうへ追いまくられ、各瞬間ごとに怒り立つ波によって、いまにも呑みこまれそうだった。

暴風は三五日間も、一刻の休みなく、力を少しも弱めることなしに荒れ狂った。わたしたちは、暴風がこれきりおさまらないのではないかと絶望しはじめたとき、八月一九日になって、襲ってきたときと同様に、とつぜん嵐が止み、空が晴れあがった。船長はこのときを利用して、位置をはかった。計算によると、北緯四〇度、東経一一四度だった。ちょうど、北京の座標だった！

してみるとわれわれは、ポリネシアや、たぶんオーストラリアの上を知らぬまに通りすぎ、いま航海しているところには、かつては四億の人民をもつ帝国の首都がひろがっていたのだ！

では、アジアも、アメリカと同じ運命をたどったのであろうか？

まもなく、わたしたちは、それをこの目で確かめることになった。ヴァージニア号は船首を南西に向けて航海をつづけ、チベット高原に達し、つづいてヒマラヤ山脈に達した。ここには、地球上でもっとも高い山々がそびえているはずだった。ところが、どちらを見まわしても、海上には何ものも姿を見せなかった。こうなっては地球上にはわれわれを救ってくれた小島よりほかには陸地はなく、わたしたちはこの異変の唯一の生き残りであって、海という動く経帷子《きょうかたびら》におおわれたこの世の最後の住民であるように思われてきた！

もしこれが事実だとしたら、遠からずわれわれは死に絶える運命にあった。じじつ、きびしい配給制度が実施されているにもかかわらず、船の食糧は尽きかけていた。現在ある食糧が尽きてしまえば、あらたに食糧を得る当てはまったくなかった……。

この恐ろしい航海のことは手短に語ることにしよう。もしもその詳細にわたって語るとすれば、一日一日と再現してみなければならず、思い出すだけで気が狂ってしまう。それ以前の、またそれ以後の出来事がどんなに奇妙であったにしろ、これからの未来が、おそらくわたしの知らないであろうその未来が、わたしの眼にどんなに嘆かわしいものに見えようとも、わたしたちがもっとも恐ろしい恐怖感を抱いたのは、この地獄のような航海においてであった。ああ！　果てしなくひろがるこの海の上の終わりなき航海！　来る日も来る日もどこかに上陸することを願いながら、いつ果てるともない旅をつづけなければならないとは！　かつて人間の手になる曲がりくねった海岸線のしるされた地図の上にかがみこんで日を暮らし、彼らが永遠に存在すると信じていた場所がもはやなく、絶対に跡がなく、まったく存在しないと確認する毎日！　かつては大地が無数の生命で躍動し、数百万、数千万の人間や動物が縦横に走りまわり、空中を飛びまわっていたのに、いまではすべてのものが死に絶え、すべての生命がさながら風に煽られた小さな炎のようにみんないっしょに消え去ったとは！　そして至るところに同胞を求めて得られないこの空しさ！自己のまわりには生きているものはまったく存在しないという確信をしだいに得るようになり、そして何ものも仮借しないこの宇宙のただなかにひとり孤独に投げだされているという意識にしだいに捉われていくとは！……

これでわたしたちの苦しい気持を表現するに的確な言葉を見いだしたかどうかは、わたしは知らない。いかなる言葉をもってしても、この前代未聞の状況をあらわすにふさわしい言葉など存在しないのだ。

かつてインド半島であったところが海になっているのを確かめた後、われわれは一〇日間北上をつづけ、それからさらに船首を西に向けた。わたしたちの状況はいっこうに変化を見せずに、海底山脈になったウラル山脈を越え、かってはヨーロッパであったその上を航行した。それから赤道を越えて二〇度まで南下した。むだな捜索に疲れ果てた後ふたたび北上して、アフリカとスペインをおおっている海上を経て、ピレネー山脈の上を通過した。じつを言うと、わたしたちは、この恐ろしい生活に慣れはじめていたのだ。船が進行するにつれてわたしたちは地図の上に航路をしるし、こう言っていた。「ここがモスクワだった……ワルシャワだった……ベルリンだった……ウィーンだった……ローマだった……チュニスだった……トンブクトゥだった……サン＝ルイだった……オランだった……マドリードだった……」というように。だがその口調はしだいに無関心さを増し、慣れてきて、じじつは悲劇的であるはずのそれらの言葉を、少しも感動なしに口にするようになった。

しかしながら少なくともわたしには、まだ苦しむだけの気概があった。そのことに気づいたのは、一二月一一日のことで、モーリス船長がわたしにこう言ったときだ「ここが、パリだった……」。この言葉を聞いて、わたしの心は張り裂けるばかりだった。たとえ全世界が水に呑みこまれたとしても！　だが、フランスが、わが祖国フランスが！　その象徴であるパリが！……

傍らで、すすり泣くのが聞こえた。振りむくと、泣いているのはシモナだった。

なお四日間、わたしたちは北へと航行しつづけた。それからエディンバラまで北上すると、アイルランドめざして南西へとまたもや下り、ついで航路を東へと向けた……じじつわたしたちは、あてもなしにさまよっていたのだ。なぜならば、どことい って一方向に行く理由は、もはやわたしたちにはなかったからだ……。

ロンドンの上を通過したときには、乗組員全員が、海中の墓場となったその地に敬意を表した。それから五日後、ダンツィヒの上にさしかかったとき、モーリス船長は針路を一五〇度転向させて、南西に舵をとるようにと命令した。舵手は言われるままに命令に従った。舵手にとっては、どこへ向かおうとかまわなかった。どこへ行こうと同じことではないだろうか？……

わたしたちがビスケットの最後の一枚を食べてしまったのは、その方向に羅針盤を向けて航行しはじめてから九日目のことだった。

わたしたちが恐ろしい目つきをして睨み合っていると、モーリス船長がとつぜん、かまに火をたくようにと命じた。どういう考えでそんなことをしたのか？　わたしにはいまだにその理由はわからないが、命令は実行された。船の速力は増した。

それから二日すると、わたしたちはもう飢えにはげしく苦しんでいた。その翌々日には、ほとんどの全員が、どうしてもおきあがろうとしなかった。やっと船長とシモナと幾人か

の乗組員と、それにわたしとが、どうやら船の針路を確保する力を持ちつづけていた。

その翌日、断食して五日目になると、進んで協力する舵手や機関手の数が、さらに減った。あと二四時間すれば、だれ一人としてもはや立ってはいられなくなるだろう。

ところでわたしたちは、もう七か月以上も航海していたのだ。七か月以上も、海をあちこち走りつづけていたのだった。いまは一月八日であるにちがいないと、わたしは思う。〈思う〉などと言うのは、わたしは正確を期することが不可能だったからで、わたしたちにとって暦などはすでにして、たいして必要でなくなっていたのだった。

ところで、その日のこと、わたしが舵を握り、弱まってきた注意力をふるいおこして針路をあやまたないようにして努めていると、西のほうに何かが見えるように思われたのである。見間違いかと思って、目を大きく見ひらいた……

いや、見間違いではなかった！

わたしはまさに心底から喚き声を発し、それから舵にしがみつくと大声で叫んだ。

「右舵前方に、陸地が見える！」

この言葉は、なんとふしぎな効果をあげたことだろう！　瀕死の人びとがいっせいに息を吹きかえし、その青ざめた顔を右舵の手すりの上に並べた。

「たしかに陸地だ」と、モーリス船長は、水平線上にただよっている雲を見つめてからこう言った。

三〇分後には、もういささかの疑いをさしはさむ余地もなかった。かつて大陸のあった海上でむなしく捜し求めたのち、われわれはその陸地を大西洋のまんなかで、まさに発見したのだった!

午後三時ごろ、わたしたちの行く手に見える陸地の沿岸が詳細にわたって見えてきたが、わたしたちはまたしても絶望に見舞われはじめた。じっさいこのような海岸は、いかなる海岸にも似ていないし、われわれのだれ一人として、このように荒れ果てた、まったくさむざむしした海岸を見た者はいなかった。

こんどの災害のおこる前にわれわれが住んでいた陸地では、緑色が非常に目につく色だった。われわれのだれだって、いくつかの小灌木、いくつかのハリエニシダの茂み、あるいは単なる地衣や苔さえも生えていないこのようにまったく何もない、荒涼とした海岸を見た者はいなかった。ここでは、そのような緑はまるでなかった。見えるものはただ黒っぽい高い断崖と、その下に雑然とよこたわっている岩の塊で、一本の樹木も、一本の草の芽生えすらなかった。その荒廃ぶりは言語に絶したものがあり、想像の及びもつかぬものだった。

二日間、わたしたちはこの切り立った断崖に沿って船を進めてみたが、小さな裂けめさえも見いだせなかった。やっと二日めの夕方ごろ、沖からの風を防いでいる広びろした湾を見つけたので、われわれはその奥に入って投錨した。

ボートに乗って陸地へ着くと、われわれがまっ先に心がけたことは、砂浜で食糧を集めることだった。砂浜はたくさんの亀や貝でおおわれていた。暗礁の割れめには、無数の魚類は申すにおよばず、おびただしいカニやウミザリガニや伊勢エビが見られた。これだけ豊かな海があれば、たとえ他に食糧がなくても、かなり長期間にわたって生存を確保できることは明らかだった。

われわれは元気づけられると、断崖の裂けめをよじ登って、その上の広い台地に至った。岸辺の光景は、われわれの予測を裏切らず、かなり遠くまで望まれ、どの方向を見やっても、大体ひからびた海藻や海草でおおわれた裸岩ばかりで、一本の草さえなく、地

上にも空にも生きものの姿はまったく見られなかった。ところどころに小さな湖が、というよりも池といったほうがいいだろうが、陽の光を受けて輝いていた。それらの水で喉をうるおそうとしたとき、それが塩水であることがわかった。

ほんとうのところ、そのことについては、わたしたちはべつに驚きもしなかった。この事実は、まず最初にわたしたちが想像したことを確証してくれたにすぎないので、この未知の大陸は昨日誕生したばかりであって、深海から一挙にして出現したのだと知っていたからである。こうしたことは、この土地の不毛なことも、完全に生きもののいないことも証明していた。また、水分が蒸発したためにひび割れて粉ごなになり、それが一面に泥土の厚い層となってひろがっていることも理解されたのである……。

翌日正午に位置をはかってみたら、北緯一七度二〇分、西経二三度五五分だった。地図上でその場所を推量してみると、たしかにそこは大洋のまっただなかで、ほぼヴェルデン岬の緯度にあたっていた。だが、いまでは西方には陸地が、そして東方には海が、見わたすかぎりひろがっていた。

われわれが上陸した土地がどんなに取っつきにくく、人を寄せつけないものであろうとも、わたしたちとしては、いやでもそれに満足しないわけにはいかなかった。そのためにヴァージニア号の荷揚げが、ただちにはじめられた。船にあるものはなにもかも、台地の上に引き揚げられた。そうする前に船は、一〇〇メートルほどの海底に、四つの錨でしっかりと固定されたのだった。このような静かな湾内では、船はなんらの危険もないから、そうして放置しておいても、べつに支障はきたさなかった。

陸揚げが完了すると、われわれの新しい生活がはじまった。まず第一に、つごうのいいことには……

*

ゾフル博士は翻訳をここまで進めてきたが、中断しなければならなかった。ここで原稿に最初の脱落が見られたからで、それも脱落している枚数からすれば、おそらく相当に重要なことであるらしく、さらになおそれにつづいてもっと多量と思われる脱落がありうると考えられた。きっと、箱のなかに入れられてあったが、大量の原稿が湿気のためにだめになってしまったのだ。結局、長さが不ぞろいの断片が残っただけで、そのあいだのつながりは永遠になくなってしまったわけだ。それらの断片は、このような順序でつづけられていた。

＊

……新しい土地に慣れていった。

この海岸に上陸してから、どのくらい時間がたったのであろうか？　わたしには、少しもわからなかった。毎日、日記をしるしているモレノ博士にきいてみたら、「六か月です」と答えて、こうつけ加えた、「それから数日間つづいたかもしれませんよ」と。というのは、博士は間違えたかもしれないと思ったからだった。

わたしたちは、すでにそのような状態だったのである。わずかに六か月たっただけで、月日を正確に数えることが怪しくなっているのだ。これでは先が思いやられる！

もっとも、そうしたことをなおざりにしても、べつに驚くにはあたらなかった。わたしたちは生命を保つことに、全力をあげていたからだった。食べものを手に入れることが、一日がかりの仕事だったからだ。わたしたちは、どんなものを食べていたのだろうか？魚は見つけるかぎりとって食べたが、しかしそれも日一日とむずかしくなった。というのは、われわれが始終追いまわすので、魚が人を恐れるようになったのである。わたしたちはまた亀の卵や、ある種の食用海草を食べた。夜になると、わたしたちは満腹したが、からだが疲れ切って、眠ることしか頭になかった。

ヴァージニア号の帆で一時しのぎのテントを作った。できるだけ早い機会に、もっとしっかりした住居を作らなければならないとは思っている。

ときには、わたしたちは鳥を射撃した。最初に考えていたよりも、その数は少なくはなかった。見慣れた鳥が一〇種ほど、この新大陸に姿を見せていた。ツバメだとか、アホウドリとか、クロカモメとか、その他の鳥にしても、いずれも飛行距離の長い鳥である。草木のないこの大地では、餌を見つけられないと思うべきだろう。なぜなら鳥どもは、われわれのみじめな食事の残りを狙って、テントの周囲を飛びまわることをやめなかったからだ。ときどきわたしたちは、飢えて死んだ鳥をひろうことがあったので、おかげで火薬が節約になったし、鉄砲を痛めずにすんだのである。

さいわいにして、事態を好転させるような機会にめぐまれた。ヴァージニア号の船倉から、小麦が一袋見つかったのである。わたしたちは、その半分をまいた。この麦が成長すれば、生活はかなり改善されることだろう。だが、はたして芽が出るだろうか？　地面は厚い沖積土の層におおわれていて、腐敗した海草が肥料となっている砂泥である。その品質は悪いとはいえ、それでも腐植土であることにはちがいなかった。わたしたちが上陸したときには、土は塩分を多量に含んでいたが、しかしそのあと大雨がたくさんあったので、地表は充分に洗われたはずだった。いまでは、くぼみに溜まる水は、すべて淡水だった。

とはいえ、沖積土の塩分が除かれたとはいっても、それはごく上っつらの地表だけのことである。小川や、このごろになってできはじめた河川でさえも、かなり塩からく、そのことは、大地の深いところには多量の塩分を含んでいることを示していた。

麦を半分まき、残りの半分を貯蔵しておくために、ほとんど腕づくで争わねばならなかった。一部のヴァージニア号の乗組員は、すぐにパンにしてしまおうと欲したからである。そこでわたしたちはやむをえず……

＊

……ヴァージニア号の船中で飼っていたものである。これら二番《ふたつがい》の兎は奥地に逃げこんでしまって、もはやもどって来なかった。兎どもはなんとか餌がみつかったのだと、考えざるをえない。とすると、われわれの知らぬまに大地は生産しはじめているのか……

＊

……この地に上陸してから、少なくとも二年間たった！……麦は、大成功だった。パンはもうほとんど好きなだけ食べられるし、畑はどんどんひろがっていくばかりだ。だが、鳥どもを相手に、なんと闘わねばならぬことか！　鳥はびっくりするほど繁殖して、われわれの畑のまわりでは……

＊

これまで語ってきた人びとが死んだのにもかかわらず、わたしたちが形づくっている小家族は減るどころか、逆に増えていた。わたしの息子とエレーヌとのあいだには三人も子供ができ、他の三組の夫婦も、それぞれ子供を三人もうけていた。これら賑やかな幼児たちは、健康ではちきれんばかりである。人類はその数を減少してから、より強壮な生命力と、より力づよい精神力とを与えられたかのようだった。しかしそこには、なんと多くの原因が……

＊

……われわれがここに住みついてから一〇年にもなるというのに、この大陸については、なにも知らなかった。われわれは上陸地点の周囲数キロの範囲しか知らないのである。このようなわれわれの無気力ぶりを指摘してくれたのはバサースト医師で、氏の教唆に従いわたしたちは、六か月ほどの月日をかけてヴァージニア号を装備し、探検旅行をした。

その旅行から、一昨日帰ってきたのである。旅行は、予想したよりもはるかに日数を要した。というのは、わたしたちはその旅行を申しぶんのないものにしようと欲したからである。

わたしたちは、自分らが住んでいるこの大陸を一周した。あらゆる点から推測してみてこの大陸は、われわれが生き残った小島とともに、この地球の表面に存在している最後の大地の部分であるにちがいなかった。その沿岸はいずこも荒けずりで荒れ果てており、至るところそのようだった。

わたしたちの航海は、数度にわたる内陸への探検によって中断された。わたしたちは特に、アゾレス諸島や、マデイラ島の痕跡を発見したいものだと望んでいた。――これらの島は大異変の生じる前に大西洋のこのあたりに位置していたのだから、当然この新大陸の一部になっているはずだった――しかしそれらしい痕跡は、なに一つとして発見されなかったのである。わたしたちが確認できたことは、かつてこれらの島が位置していたあたりは厚い熔岩の層で浸蝕され、おおわれているということであって、おそらくそこははげしい火山現象の本源地だったのであろう。

だが、なんと！　わたしたちは求めていたものを見いだされなかった代わりに、探してもいなかったものを発見したのだった。アゾレス諸島があったあたりに、熔岩になかば埋まって、あきらかに人間の手になったと思われるものが見いだされたのである。——しかしそれらは、昨日までわれわれの同胞だったアゾレス諸島の住民の手になったものではなかった——それらは柱や陶器の破片で、いままで見たこともないようなものだった。モレノ医師は調べた結果、これらの破片は古代アトランティス[1]の遺品で、熔岩の噴出によって地表に出てきたのだろうと述べた。

おそらくモレノ医師の言うとおりであろう。じじつ、伝説上のアトランティス大陸が存在していたとすれば、ほとんど新大陸のあるここがそうだったからである。もしそれが事実とすれば、同じ場所に三つの人類が、互いになんらの関係もなしに生存しつづけたのだから、奇妙なことだと言わざるをえまい。

1　プラトンの作品中にあらわれる伝説上の大陸で、ジブラルタル海峡の西方の大西洋中に在って神罰により一昼夜にして海底に没したという（訳注）

いずれにしろ正直なところ、わたしはこのような問題については無関心であった。なにしろわたしたちは現在だけでなすべきことがたくさんあり、過去にかかわりあっている閑などなかったからである。

わたしたちが元いた宿営地に帰り着いたとき強く感じたことは、この周辺が大陸のほかの土地と比べてみて、肥沃であることだった。その理由として一例を挙げれば、かつて自然界に満ちあふれていた緑がここではまだまったく見られないというわけでもないのに、大陸の他の場所ではそれが全然見られないからだった。いままでこのことに気づかなかったのだが、しかしこの事実は認めざるをえなかった。わたしたちが上陸したときには見られなかった草が、いまやわれわれの周囲一帯に芽を出しているのである。もっともそれらはごくありふれた品種で、たぶん鳥がここへ種をはこんできたのであろう。

しかし以上述べた事柄からして、これらのかつての数品種以外に植物が存在しないとは結論をくだしえなかった。それどころか、ふしぎきわまりない適応作用によって、大陸全体にわたって、まだ発生初期の段階で、これからの成長はわからない状態であるとはいえ、一群の植物が存在していたのである。

この大陸が海から姿を現わしたとき、それに付着していた海草は陽に照らされて大部分が枯れてしまった。しかしそのうちいくらかの海草は湖や池の水溜りのなかで、それらの水が熱のためにしだいに蒸発されたというのに、生きていたのである。しかもそのころ川や小川が流れはじめ、その水が塩分を含んでいたので、海草類や海藻はそこに生きるに適した場所を見いだしたのである。大地の表面と、つづいて地中が塩分を失い、水が淡水となると、それらの植物は大部分滅んでしまった。そのうちごく少数のものだけが新しい生活の環境に順応し、塩水同様に淡水のなかでも生殖をつづけることができた。しかし、そのような現象は、それだけでは止まらず、それらの植物のうちでもっとも順応性に恵まれた種類は、淡水に順応した後も空気にも順応し、まず岸辺に生育してから、しだいに内陸へとひろがっていったのである。

わたしたちはこの変化の過程を、直接にこの目で見ることができた。生理機能の変化とともに、その形態がどんなに変化するかを、はっきりと知ることができた。すでに何本かの茎が空に向かって、おずおずとのびはじめていた。このようにしてある日一つの植物群がすっかりできあがり、それから新種と従来の品種とのあいだに死闘が演じられることになるであろう。

植物界における変動はまた、動物界においてもおこっていた。水際ではかつての海の動物、その多くは軟体動物や甲殻類であるが、それらが陸上に住みつく姿が見られた。空中にも魚が飛んでいて、それらは魚というよりも鳥といったほうがよく、翼が過度に発達し、彎曲した尾のために彼らの恰好はさながら……

＊

最後の断片は原稿の最終の部分で、完全な形で残っていた。

＊

……みんな、年をとってしまった。モーリス船長は他界した。バサースト医師は六五歳、モレノ医師は六〇歳、わたしは六八歳となった。みんな、まもなくしてこの生を終えるであろう。だがその前に、決められた任務は果たしておかなくてはならず、われわれの力で、できうるかぎり未来の世代の闘いを助けてやっておくことにしよう。

だが、この未来の世代は、生誕するであろうか？

人間の数の殖え方だけを考えるとすれば、肯定的に答えることができるだろう。子供たちは増え、一方では気候も温暖で、猛獣もいないこの国では、人間の寿命も長かった。われわれの集団は、その数が三倍にもなっていた。

ところが、苦をともにしている仲間たちの知能の低下を見ると、否定的な答を言わざるをえないのだ。

しかしながら、この地に漂着したときのわたしたちの小集団は、人智を活用するにははなはだ好条件のもとにあったのである。その中にはとりわけ精力的な男、今日は他界したモーリス船長――なみの人より教養のあるわたしとわたしの息子がおり――バサーストとモレノ医師という本物の学者もいたし――これだけの人間がそろっていれば、何事かを成しえたはずであった。だが、なに一つとして成しえなかったのだ。当初からわたしたちは生きていくことが精一杯で、いまもわれわれは食物を探すことに時間を費やし、夜になると疲れ果てて、ふかい眠りにおちこんでしまったのである。

悲しいことに！　われわれのみがその代表者であるところの人類は、急速な退化現象を示していて、獣類に近づきつつあったのである。すでにしてあまり教養のなかったヴァージニア号の船員たちには、とりわけ獣性があらわれはじめ、息子もわたしも知っていたことを忘れてしまって、バサーストとモレノの両医師にしてからが、頭をはたらかせることがなくなってしまったのである。われわれの頭脳労働は停止したと言ってもよかった。

われわれが数年前にこの大陸を巡歴したころは、なんと幸福であったことか！　今日ではそのような勇気は、もはやわれわれにはなかった……それに探検を指揮したモーリス船長はもはやこの世にいないし——われわれをはこんだヴァージニア号も老朽船になってしまった。

この地に着いた最初のころは、数人の者が家を建てようと計画したものだった。だがその家は未完成のままで、いまでは朽ち果てている。わたしたちは四季を通じて、大地の上で眠っている。

わたしたちが着ていた衣服も、もはやすっかり跡かたもなくなっていた。それでも数年間は海草を織って衣服の代用とする工夫がこらされ、その織り方も最初のうちはなかなか手のこんだものだったが、そのうちに雑になって、気候が温暖だったので手間をかける気がなくなり、その努力に耐えられなくなってしまったのである。わたしたちは、かつてわれわれが野蛮人と呼んでいた者と同じように、裸で暮らしているのである。

食べること、ただ食べることだけがわたしたちの常に変わらぬ目的であり、絶対的な関心事だった。

しかしながら、かつての考え方や感情が、なおいくらかは残っている。息子のジャンはいまは相当な年輩で孫もある身の上だが、愛情を少しも失ってはいないし、かつての運転手のモデスト・シモナにしても、わたしが以前主人であったことを漠然としてではあるが記憶している。

だが彼らやわたしたちがいなくなってしまえば、かつてわれわれがそうであった人間のかすかな痕も――というのは現在われわれはじじつ人間とはもはや言えないので――永久に消え失せてしまうことだろう。この地に生まれたこれからの人間たちは、ここ以外の生活を知らないわけだろう。人類は――いまこれを書きながら、そのことを目のあたりに見ているわけだが――まさしく読み書きも知らず、数も数えられず、まるで話すこともできない大人たちと、底なしの胃袋だけのような鋭い歯を持った子供たちだけになってしまうのである。それから彼らのあとに、また別の大人や子供が生まれ、また別の大人や子供がつづいて、何代も経るにしたがってしだいに動物に近くなり、だんだんと考える人であっ

た祖先たちとは遠く離れた存在になってしまうだろう。

わたしにはこれらの未来の人間の姿が、分節言語を忘れ、知性を失い、からだを固い毛でおおって、この陰鬱な砂漠をさまよい歩いているその姿が見えるような気がする……。

よろしい！　子孫がそんなふうにならないように努力することにしよう。これまで人類が征服してきたものが永久に失われることのないように、われわれの力でできうるかぎりのことをするとしよう。モレノ、バサーストの二人の医師、そしてわたしとは、麻痺したわれわれの頭脳を目覚めさせ、なんとしてもかつて知っていた知識を思い出すように努めることにしよう。ヴァージニア号で見つかったこの紙とインキとで、三人で仕事を分担しながら、科学のいろいろな領域にわたりわれわれが知っていることのすべてを残らず記しておくことにしよう。そうすれば後になって人間たちが知識を失い、多少にかかわらず長い野蛮時代を経過したあとで、ふたたび知識に対する渇望を覚えたときに、彼らの先人のしておいてくれたこの要約を発見するであろうからだ。そのときこそ、あてもなく、ただ顔も知らない同胞たちの辛い道程を短縮してやろうとして精一杯これ大いに努めた者たちの思いを祝福してくれるように！

死の床で

上掲の文章を書いてから、ほぼ一五年すぎてしまった。バサースト、モレノの両医師も、もはやこの世にはいない。ここに上陸した者のなかでの生き残りは、年長者の一人だったわたしだけで、まったくわたしだけになってしまった。だが、こんどは、わたしが死ぬ番だ。冷えきった足から死が心臓へあがり、その鼓動を止めるのが手にとるようにわかる。

われわれの仕事は、完成した。わたしは人智の要約を秘めているこの稿を、ヴァージニア号から降ろした鉄の小箱に入れ、地中ふかくに埋めた。そしてその脇に、この幾ページかの原稿をアルミニウムの容器にまるめて入れ、埋めておこう。

大地に託せられたこの委託物をだれかが見つけだしてくれるだろうか？　そもそもだれかが、それを探そうとするだろうか？

それが運命のなせる仕業だ。神のみ心のあらんことを！……

＊

この奇妙な記録を訳していくにつれて、ゾフル博士の心は、一種の恐怖で締めつけられていった。

なんということだ！ アンダルト＝イテン＝シュー人の祖先は、長い年月にわたってこの広漠たる大洋をさまよった後、現在バシドラが築かれているこの海岸に漂着した人びとだったのか？ では、これらの可哀そうな人びとが、あの輝かしい人類の一員だったのか？ そのかつての人類に比べれば、現在の人間などは、やっと生まれたばかりの赤ん坊にすぎない。しかしながら、これほど強力な人間たちが獲得した知識や、その痕跡までがきれいに跡かたもなくされてしまうとは、いったいどういうことがおこったのだろうか？ なに大したことではないので、かすかな震動が地表の上を走っただけなのである。

その記録が語っている人智の要約が、その容器の鉄の箱もろとも破壊されてしまうとは、返すがえすも残念なことである！ しかしその不幸がどんなに大きかろうとも、それはもう取り返しがつかないことであって、労働者たちは土台を築くために地面をやたらにほじくり返してしまったのである。アルミの容器は充分に持ちこたえられたと言うのに、おそらくは鉄器は時がたつにつれて腐食されてしまったのであろう。

とにかくも、ゾフル博士の楽観論が決定的にくつがえるには、この記録だけで充分だった。そこには技術に関する詳細な記述こそなかったが、一般的な情報には富んでいて、人類がかつてなした真理探究の道においては、はるかに進んでいたことをはっきりと示していた。その点この物語はすべて理に叶っていて、ゾフルが所有していた概念もあるし、彼が考えても見なかったほかの概念もあった。多くの空論がたたかわされたあのエドムという名前の由来さえも解明されていた！……エドムとは、エデムが変形したもので――エデム自身またアダムの変形であり、そのアダムもまたおそらくは、きっとなにかもっと古い言葉の変形であるにちがいなかった。

エドム、エデム、アダム、それらは最初の人間の永遠の象徴であり、それらはまたこの大地に人間が現われたことの一つの説明でもあったのだ。それゆえゾフルが、その記録が実在をはっきりと証明している祖先を否定してきたのは誤りであったし、祖先を自分に似た姿として考えてきた民衆こそ正しかったのである。しかし、このことでも、またほかのことについても、アンダルト＝イテン＝シュー人たちは何一つとして自分で考えだしたわけではなかったのだ。彼らは、以前から言われてきたことを、ただ繰り返して言っているにすぎなかったのだ。

それに結局、この物語の語り手の同時代人にしたところで、たぶん取り立てて独創性を発揮したわけでもないだろう。おそらく彼らもまた、彼ら以前に生まれたほかの人類がたどった道を、同じようにたどったにすぎないのだ。この記録にしたって、アトランティス人と称する民族の名を挙げているではないか？　ゾフルの発掘によって海泥の下にほぼ完全な形で発見されたいくつかの遺跡は、きっとこのアトランティス人のものにちがいなかった。大洋の波をかぶって地上から葬り去られたとき、この古代の民族は、どの程度まで真理を知得していたのであろうか？

いずれにしても、この天災のあとではその民族の成したことは何一つ残らず、人間はどん底から明るみめざして登攀《とうはん》をふたたび仕直さなければならなかったのだ。

おそらくアンダルト＝イテン＝シュー人も同じことを繰り返しているのだろうし、彼らがいなくなった後に生まれる人間もまた、同じような繰り返しを経験するであろう、その最後の日まで……

だが、人間のかぎりない欲望が満たされる日が、はたして到来するであろうか？　坂をやっと登りつめ、頂上に至ってほっと一息入れられるような日が、いつかやって来るのだろうか？

ゾフル博士は尊敬すべき原稿の上にかがみこんで、このような思いに耽っていた。墓のかなたから生まれ出たようなこの物語を読んで博士は、宇宙で永遠にわたって繰りひろげられている恐ろしい劇的事件を思い、憐憫の情で胸をつまらせた。自分より以前に生存していた者が苦しんできた数多くの苦悩に自ら傷つき、果てしない時間に空費された徒労の重みに打ちひしがれて、ツァルトーク・ゾフル＝アイ＝スル博士は、万物は永遠の繰り返しであるという深い確信に、ゆっくりと苦しげに到達するに至ったのである。

空中の悲劇

一八五×年九月に、わたしはフランクフルト＝アム＝マインに到着した。わたしのドイツの主要都市の横断は、空中高く上昇することによって輝かしい成果をおさめたのだった。しかしその日まで、連邦諸国[1]の居住者は誰一人として、わたしの気球の吊籠のなかに入ってこなかったし、グリーン、ウジェーヌ・ゴダール[2]、ポワトゥヴァンの諸氏によってパリにおいてなされた立派な実験も、いまだに謹厳なるドイツ国民をして空中飛行をくわだてようと決意させるには至らなかった。

そうこうしているうちに、近いうちにわたしがまた上昇するとのニュースがフランクフルト中に広まると、三人の知名の士がわたしと一緒に出発する機会を得たいと申し込んできた。その二日後にわれわれは、〈劇場広場〉から上昇することになっていた。そこでわたしは、ただちにわがはいの気球の準備にとりかかった。それはグッタペルカ[3]といって酸性とガスに腐蝕されることなく、かつまた絶対に不浸性である物質を混合してつくった絹

訳注

1　一八六六年にプロイセンがオーストリアを敗り、ウィーン条約の結果ドイツ諸国家が併合して北ドイツ連邦が成立する

2　フランスの気球搭乗者、一八二七―一八九〇年。二五〇〇回以上も搭乗しているが中でもイタリア戦争中のインペリア号によるものと、一八六三年ナダールと共に上昇したジェアン号によるのが著名

3　マレー地方産のアカテツ科の樹液を乾燥させたゴム状の物質

製のもので、その三千立法メートルの体積をして、充分大空高く上昇することを許していた。

その上昇する日は、ちょうど九月の定期市が開かれる日で、フランクフルトには多くの人が集まっていた。上昇するに充分な多量のイルミネーションガスは、良好な状態で与えられていたので、午前一一時ごろには気球はいっぱいになったのだが、必要な用心として、その四分の三だけにとどめた。なぜならば上昇するにつれて、大気の層はその密度を減ずるからで、気球の包帯のなかにとじこめられた気体は相当強い弾力性をもってくるので、岸壁さえも破裂させかねないからである。わたしの計算によれば、わたしと仲間たちとを運んでいくに必要なガスの量は、正確に供給されていたのだった。

われわれは、正午に出発するはずだった。気球をあげる囲いのまわりにひしめきあい、いらだっている群衆は、広場を埋めつくして、そこにつらなる道路にまで満ちあふれ、家々の切妻屋根のスレート瓦にかさなり合って、その光景たるや、まさしく壮観きわまる眺めだった。ここ数日間の大風は、まったく静まりかえっていたのだった。やけつくような暑熱が、雲のない空からおおいかぶさっていた。そよとの風さえも、大気をそよがせなかった。このような天候では、離陸した同じ場所に降りたつにちがいなかった。

わたしは三〇〇ポンドの砂袋《バラスト》を、いくつかの袋にわけて、持ちはこんでいた。まんまるい吊籠は、深さ一メートルに対して、直径が一メートル三〇センチあって、ぐあいよく取りつけられてあった。そしてそれを支えている麻縄製のネットの網目は気球の上部半球に均整に張りめぐらせてあって、羅針盤は定位置におかれ、気圧計は支えの綱具の集まっている環にぶらさがり、錨が注意ぶかく用意されてあった。もう、出発するばかりになっていたのである。

囲いのまわりに押し寄せている人垣のなかに、興奮した青白い顔をした一人の青年がいるのが目にとまった。そのようすが、わたしの注意をひいたのである。それはいままでにも何度もドイツの町で見たことのある、わたしの上昇に対する熱心なファンの一人だった。その男は落ち着かないようすで、地上からすこし離れてその場にじっとしたままで置かれてある奇妙な機械装置を、むさぼるようにじっと見ていた。彼は周囲の隣人のあいだにあって、沈黙をまもっていた。

正午のときが、告げられた。いよいよ時間だった。それなのにわたしの同伴者は、姿を見せなかった。

わたしが彼らの住居へ人をつかわしたところ、一人はハンブルクに向かって発ち、一人はウィーンへ、また三人めの男はロンドンへ向かって出発したとのことだった。これらの連中は、現代の気球搭乗者の熟練のおかげで危険がすっかりなくなったというのに、いざ遠征を試みようというはなになって勇気を失ったのだった。彼らはいわば祭りのプログラムに加わっているわけなので、いやでも忠実に実行しないわけにはいかなくなるのを恐れ、幕が上がるときになって舞台から遠くに逃げ去ったのだった。あきらかに彼らの勇気は、彼らの役割を放棄するにあたって……その逃げ足の速さの二乗に反比例していたのである。

なかばだまされたと思った群衆は、大いに不満の色を見せた……わたしは、一人で出発するのをためらいはしなかった。気球それ自体の重さと、上昇するに必要な重量との均衡をとりもどすために、わたしは同伴者のかわりにあらたに砂袋を積みこんで、吊籠のなかに入った。赤道圏に結えつけられた一二本のロープによって気球をおさえた一二人の男たちが、彼らの指のあいだからロープをほんのすこしだけ繰りだした。気球は地面からすこしばかり上昇した。すこしの風もなく、大気はおもりをつけたようで、どうしようもないようだった。

「用意はいいか?」と、わたしは叫んだ。

人びとは、いまや準備を整えたようだった。最後にちらっと見やって、わたしは出発するときが来たのを知った。

「注意!」

そのとき群衆がざわめいて、誰かが囲いのなかに入ってきたようだった。

「放してくれ!」

気球はゆっくりと上昇したが、そのときわたしは衝撃を受けて、吊籠のなかでひっくりかえった。

起き上がったとき、わたしは思いもよらぬ旅行者、青白い顔をした一人の青年と向かい合っていたのである。

「はじめまして!」と、その男は落ち着きはらって言った。

「なんの権利があって……」

「ぼくがここにいることですか……あなたがぼくを送り帰すことは不可能だという、そういう権利によってです！」

わたしはびっくり仰天した！　相手の落ち着きはらったようすが、わたしをあわてさせた。わたしは、答えるすべもなかった。

わたしは無断で入ってきたその男を、まじまじと見つめた。ところがその男は、わたしの驚きを、すこしも意に介さないようだった。

「ぼくの体重で、均衡がみだされるでしょうか」と、青年は言った。そして「ごめん……」と、わたしの同意を待つ間もあらばこそ、砂袋を二つ空間に投げ捨てて、気球を軽くした。

この場になって、ようやくわたしは覚悟が決まった。「よかろう、きみはやってきたんだ！　ここに止まる、それもよかろう……だが、おぼえておいてくれ、この気球の操縦は、わたしがするんだからね……」

「ムッスィウ」と、彼は答えた。「あなたの洗練されたやり方は、まったくフランス式ですな。それは、まさにぼくの国である国のやり方です。あなたは拒絶なさるでしょうが、ぼくは気持の上であなたと握手しますよ。どうかあなた流にやってください。あなたがよ

いと思ったとおりにしてください。でも、そのうちに……あなたが手を止めるのを待ちましょう」

「何のために？……」

「あなたとおしゃべりするためにですよ」

気圧計は二六インチまで落ちていた。わたしたちは町の空高く、約六〇〇メートルの高度にたっしていた。しかしながらすこしも気球の水平の移動はあらわれなかった。なぜならば気球が閉じこめられている空気のかたまりは、そのまま気球と一緒に移動していたからだった。一種のどんよりした暑熱は、われわれの足下に広がっている物体を浸し、その輪郭をおぼろげに浮かびださせていた。

わたしはあらためて、わが同行者をじっくりと見た。

それは、そまつな身なりをした、三〇歳ぐらいの男だった。顔のけわしい輪郭は、強情な気質をあらわしていた。そして、ひどく筋肉がたくましく思えた。静かに上昇してゆく驚きを味わいながらも彼は、茫漠とした宇宙のなかに溶け入るさまざまの物体を見きわめんものと、身動きもしなかった。

「いやな霧だ！」と、しばらくして彼はつぶやいた。

わたしは、返事をしなかった。

「あなたは、ぼくがしたことを根にもっているんでしょうね」と、ふたたび彼は言った。

「くだらんことです！　ぼくは、旅費が払えなかったのです。ですから、ふいをついて乗りこまねばならなかったんですよ」

「誰も、きみに降りろとは言わんよ」

「いいですか！　これと同じことが、一七八四年一月一五日に、リヨンで、ローランサン伯爵とダンピエール伯爵とが上昇しようとしたときにも、起こったんですよ。フォンテーヌという一人の若い商人が、さくを乗りこえて入ってきて、もうすこしで機械装置をてんぷくさせるところでした……その男は、無事に旅行を終えて、誰一人として、その旅行では命を落としませんでした！」

「地上に着いたら、ゆっくり話し合おう」と、わたしは彼が話すその軽い口調に不機嫌になって、こう答えた。

「ばからしい！　帰ることなんか、考えられませんな」

「では、きみは、降りるのに手間どるとでも思ってるのかね」

「降りるんですって!」びっくりして彼は言った。「降りるんですって! まず、昇ることから始めましょうや」

そして、わたしが止める間もあらばこそ、二つの砂袋が、からにされることなくして、吊籠の外に放り投げられたのだった。

「きみ!」わたしは怒りにかられて叫んだ。

「ぼくは、あなたのお手並みを知ってます」と、未知の男は、静かに答えた。「あなたのごりっぱな上昇の腕前は、えらい評判でした。でも、もしも経験が実践の姉妹であるならば、それはまたいくらかは理論のいとこでもあるわけでしょう。ぼくはこれでも、気球操縦学について、ずいぶん長いあいだ研究したもんです。だからそれで、頭に来ちゃったんですよ」と、彼は寂しそうにこうつけ加えてから、だまったままで瞑想にふけった。

気球はあらたに上昇したのち、停止したままだった。

未知の男は気圧計を見ていたが、こう言った。

「いま、八〇〇メートルの上空にいる。人間が、まるで虫けらのようだ。ごらんなさい。

人間の大きさを正しく判断するために、いつも彼らのことを考えるとしたら、この上空からすべきだとぼくは思いますがね。〈劇場広場〉は、まるで大きな蟻塚みたいだ。ごらんなさい、ツァイル通りからは人がいなくなっていくのに、駅は人でいっぱいなのを。ぼくらはいま、ドーム寺院の真上だ。マイン川はもはや、町を断ち切っている白っぽい一つの線にしかすぎない。マイン゠ブルッケ橋は、川の両岸にまたがっている一本の針金みたいだ」

大気が、いくらか冷えてきた。

「ご主人、ぼくはあなたになにもしてあげることができないので」と、同伴者は言った。

「もしお寒いようでしたら、ぼくの上着をぬいでお貸ししましょう」

「ありがとう」と、わたしはそっけなく答えた。

「くだらないことです。背に腹はかえられませんからね。ぼくにお手をどうぞ、ぼくはあなたの同国人なのです。ぼくと一緒にいると勉強になりますよ、ぼくの話が、ぼくがあなたに抱かせた嫌な気持の埋め合わせになりますよ！」

わたしはそれには答えずに、吊籠の反対側に腰をおろした。青年は外套から、一冊の部厚い手帳を取りだした。それは、操縦術に関する労作だった。彼は、こう言った。

「ぼくはここに、わが国の空中旅行の気ちがいどもについてつくられた版画や風刺画のたいへん珍しいコレクションを持っています。この貴重な採集物を見たら、誰でも感心して、またはあっけにとられるでしょうな！　われわれはさいわいにして、モンゴルフィエ兄弟[4]が水蒸気で人工の雲をつくろうとしたり、濡らした藁やこまかくきざんだ毛織物を燃焼して熱しやすい特性をもつガスをつくろうとした、そのような時代にはもういませんものね」

「では、きみは、それら発明家の功績を過小評価しようというのかね？」と、わたしは言った。なぜならわたしは、そうした冒険を試みることしかできなかったからだった。

「実験によって空中に上昇する可能性を証明したことは、りっぱなことではないかね？」

「いかにも！　ムッスィウ、誰が、最初の空の飛行士の名誉を否定しますかね？　燃焼した空気しか入っていない、もろい袋を使って上昇するには、たいへんな勇気を必要としますものね。だが、ぼくの言いたいのは、気球操縦術に関する学問は、ブランシャール[5]の上昇以来、つまりこの約一世紀このかた、大進歩をしたということなのです……そうは思いませんか、ムッスィウ！」

未知の男は、彼の集めた版画を一枚取りだして、こう言った。

4　ジョゼフ＝ミシェル・モンゴルフィエ、一七四〇―一八一〇年。弟のジャック＝エティエンヌと共に一七八二年に軽気球の研究を始め、翌年六月に紙で内張りした亜麻製の気球に熱した空気をつめて上昇させる実験に成功し、さらに同年一〇月にはパリで、ピラートル・ド・ロジェらを乗せた繋留気球によって人類最初の上昇を記録した

5　ジャン＝ピエール・ブランシャール、一七五三―一八〇九年。J・ジェフリーと共に一七八五年に最初の英仏海峡横断飛行にかろうじて成功した

「これが、気球が発明されたのち四カ月にして、ピラートル・ド・ロジェ[6]と、ダルランド侯爵[7]によって企画された最初の飛行です。ルイ一六世はこの飛行を裁可することをこばみ、二人の死刑囚がこの航空路を最初に試みることになっていました。ピラートル・ド・ロジェはこの不当な処置をいきどおり、策をめぐらして、出発するのに成功したのです。当時はまだ操縦をするのに便利な吊籠は発明されておらず、まるい桟敷のようなものが熱気球《モンゴルフィエール》[8]の下部の縮小した部分についていました。そこで二人の搭乗者はその桟敷の両端に身動きもならず、じっとしていなければなりませんでした。なぜならばそこにはぬれた藁がいっぱいあるので、身動きできないのです。火をいけてある焜炉が一つ、気球の孔の下にさがっていました。搭乗者が上昇したいときは、藁をその炭火の上に投げるのでして、これは気球を燃やす危険がありますが、このようにして暖められた空気が気球に上昇する新たな力を与えるわけなのです。この二人の勇敢な搭乗者は、一七八三年一一月二一日に、王太子が彼らのために指定してくださったラ・ミュエット庭園から飛び立ちました。軽気球は正々堂々と上昇し、シーニュ島に沿って進み、ラ・コンフェランス街の鉄柵のあたりでセーヌ川を渡り、アンヴァリードの円屋根と陸軍学校のあいだを、サン=シュル

6　ジャン=フランソワ・ピラートル・ド・ロジェが正しい。物理学者で、航空学者、一七五六—一七八五年。一七八三年一一月二一日に滞空時間約二十五分でパリを横断し、五・五マイル飛行し、人類最初の飛行記録を作る。後年英仏海峡の横断に失敗して死す

7　マルキ・ダルランド侯爵、陸軍少佐、一七四二—一八〇九年。ピラートル・ド・ロジェとともに気球による最初の飛行を試みる

8　モンゴルフィエが一七八三年に発明したもの

ピース寺院へと近づきました。そのとき搭乗者たちは火力を増して、大通りをよぎり、ダンフェルの柵をこえて下降したのです。地面に着くとき、気球はめりこみ、しばらくのあいだピラートル・ド・ロジェは、そのひだの下に埋没したままでした」

「いたましい前兆だ!」詳細にわたる説明に興味を持ったわたしは思わずこう言った。もう少しで感動さえするところだった。

「破局の前兆はその後になって、この不幸な男の生命を奪ったのです!」と、未知の男は悲しそうに答えた。

「あなたはまだ、そのような経験はなさいませんでしたか?」

「ないね」

「へえ! 災害は、前兆なしにやってくるものですぞ」と、わが同伴者は言いたした。そして彼は、だまりこんでしまった。

そうしているうちに、われわれは南をさして進んでいた。もうフランクフルトは、足下から離れていた。

「たぶん、嵐にあうでしょうな」と、青年は言った。

「その前に、降りてしまおう」と、わたしは答えた。

「とんでもない！　昇ったほうがいいですよ。そのほうが確実に嵐が避けられる」

そして、またもや砂袋が二つ、空間に投じられた。

気球は急速に上昇し、一二〇〇メートルに達した。きびしい寒さが感じられ、それにもかかわらず、布製袋にふりそそぐ太陽熱は内部のガスを膨張させて、恐ろしい浮揚力を与えた。

「心配ご無用」と、未知の男は言った。「七千メートル近くまでは呼吸ができる。これ以上、ぼくのすることに手だしはなさらんように」

わたしは立ち上がろうとした。だが、力強い手が、わたしを椅子に押しつけた。

「きみの名は？」わたしはたずねた。

「ぼくの名前ですって？　それがあなたに、なんの関係があるんです」

「きみの名前が知りたいんだ！」

「ぼくの名前はヘロストラトス[9]でもいいし、エンペトクレス[10]でもお好きなように」

この返事は、すこしも安心させるものではなかった。

9　エペソス人で、自分の名前を不朽たらしめんがためにアレクサンダー大王が生まれた夜、B・C三五六それに、この未知の男は、ふしぎなくらいに落ち着きはらって話をしたので、わたしはどんな男とかかわりをもったか、不安でならなかった。
「ムッスィウ」と、彼は言葉をつづけた。「物理学者のシャルル[11]以後は、新しい発明はなにもありませんな。気球の発明後四カ月にして、この有能の士は、気球がいっぱいにふくらみすぎたり、また降下しようと思うときにガスを排出させるために弁《バルブ》を発明したのでした。それから操縦を容易にするための吊籠や、気球の布製袋をすっぽり包み、その表面上の重量の負担を分けるための網具《ネット》や、上昇したり着陸地点を選ぶのに使う砂袋や、袋の布を不浸透性にするためのゴム状の塗料や、到達した高度を示すのに気圧計を使用したのも彼でした。ついにシャルルは空気よりも一四倍も軽い水素を用いることによって、もっとも高度気圏に達し、そして空中の燃焼の危険を免れたのでした。一七八三年一二月一日、三〇万の見物人が、テュイルリー宮殿のまわりに押しかけました。シャルルは上昇しました。それに対して兵士らは捧銃をしたのです。彼は当時の搭乗者の誰もが凌駕しえないほどの熟練さをもって気球を操縦し、三六キロメートル飛行しました。国王は彼に一万二千リーヴルの年金を給費なさいました。新しい発明を奨励なされるためにです」

年七月二一日にエペソスのアルテミス神殿を焼きはらった。エペソス人は彼を罰し、その名を口にする者も、死刑に処した

10　ギリシアの哲学者、B・C四九三頃—四三三頃。哲学者としてのみならず自然科学者、詩人、雄弁家、政治家、奇跡を行なう人、治療者としてその時代において広く知られた

11　パリ工芸学校の物理学教授、一七四六—一八二三年。はじめて水素気球を作り、一七八三年に試乗した

未知の男は、そのとき興奮したように思われた。彼はなおも、言葉をつづけた。

「ぼくは、ずいぶん勉強しましたよ、どのようにして初期の気球搭乗者たちが彼らの気球を操縦したか、よくわかったのです。ブランシャールについて言われていることは疑わしいので、彼は別としても、ギトン・ド・モルヴォ[12]は舵と櫓の助けによって、気球にいちじるしい動きと、はっきりした方向づけとを与えました。最近では、パリの一時計商人のジュリアン氏がパリの競技場《イポドローム》[13]において納得する体験を得たのでした、つまり特別の装置のおかげで、彼の空中の仕掛けは長方形をとり、風に対してもまっこうから向かっていったのです。ペタン氏は四つの水素気のうの気球をならべて置くことを思いつき、水平に帆をならべながらも、一部は折りたたむことによって装置を傾斜させ、平均を失わせることによって斜行させるようにしました。気流の抵抗をものともしない機械、たとえばスクリューなどがよく話題にのぼりますが、流動性の空間を動くのですから、いかなる結果も与えないのでしょうね。ムッスィウ、ぼくは、いいですか、気球を操縦する唯一の方法を発見したんですよ。それなのに、どこの学術団体からも、ぼくに援助を求めにはきませんでした。どの町もぼくの募金に応じてはくれませんでした。どの政府も、ぼくに耳を貸

12　フランスの化学者、一七三七―一八一六年

13　最初の競技場は一八四〇年ごろエトワール広場に設けられたが、一八五六年に現在のヴィクトル・ユゴー広場に移り、それが一八六九年に焼失し、一八七五年にラルマ通りに再建された

そうとはしなかったのです。まったく恥ずべきことです！」

未知の男は手を振ってあばれたので、そのために、籠は激しく揺れ動いた。わたしは彼をおさえるのに、一苦労した。

そうしているうちに、気球はかなり速い気流に遭遇したので、われわれは一五〇〇メートルの上空を、南へと進んだ。わたしの同伴者は吊籠から身を乗りだして言った。

「ダルムシュタット[14]です。城が見えるでしょう。はっきりは見えないでしょうが、仕方がないではありませんか。嵐を呼んでるこの暑さでは、下界の物体が揺れ動きますものね。場所をはっきり見さだめるには、よほど熟練を要します」

「きみは、たしかにダルムシュタットだと言うんだね」と、わたしはたずねた。

「きっと、そうですよ、フランクフルトから二四キロは来ていますからね」

「では、降りなければいけない！」

「降りるんですって！　まさか教会の鐘楼の上に降りるなんて言わないでしょうね」と、未知の男は、からかいながら言った。

「そうではないが、町の郊外にだ」

14　ドイツの町で、ヘッセン州の古都

「では、よろしい！　鐘楼を避けるとしましょう」

そう言うと、わたしの同伴者は、砂袋をつかんだ。わたしは彼につかみかかった。だが一撃のもとに、わたしはなぐり倒され、砂袋を投げ捨てられた気球は、二千メートルの高度にまで昇った。

「まあ、落ち着きなさい」と、彼は言った。「ブリョースキ、ビオ[15]、ゲー＝リュサク[16]、ビクシオ、バラール、いずれも、それぞれ科学上の実験を試みるために、もっと高度まで昇りましたよ」

「きみは、下降しなければだめだよ」わたしはやさしくさとすように言った。「嵐が、われわれのまわりで、起ころうとしている。もっと慎重に考えなければ……」

「ばかばかしい！　嵐より、もっと上に出ましょう、そうすりゃ、すこしも恐れることはありませんよ」と、わたしの連れは叫んだ。

「大地を荒しまわるこういった雲を牛耳ることくらい愉快なことはないでしょう。こうやって空中の波浪をかきわけて進んでいくことは、一つの名誉ではないでしょうか？　もっとも偉大な人物たちは、みんなわれわれのように旅行をしたもんです。モンタラン

15　ジャン＝バティスト・ビオ、フランスの物理学者、一七七四―一八六二年

16　ルイ＝ジョゼフ・ゲー＝リュサク、フランスの物理・化学者、一七七八―一八五〇年

ベール侯爵夫人と同伯爵夫人、ポドゥナス伯爵夫人、ラ・ガルドゥ嬢、モンタランベール侯爵たちは、未知の沿岸地方へ行くためにフォーブルグ・サン＝タントワースを出発しました。シャルトル公爵は、一七八四年七月一五日の上昇にあたっては、ずいぶん技術を発揮し、機敏にふるまったものです。リヨンでは、ローランサンとダンピエールの両伯爵が、ナントではリュイヌ氏が、ボルドーでは、ダルブレ・ド・グランジュが、イタリアではアドレアニ騎士が、また現代ではブルンヴィック公爵が、それぞれ空中において輝かしい功績を残されました。これらの偉大な人物たちと肩をならべるためには、彼らよりもさらに高く、青空めざして飛んでいかなければなりません。無限に近づくこと、それが宇宙を知ることです！」

空気が稀薄になるにつれて、気球内の水素がひどく膨脹してきて、あらかじめ空にしてあった下半分がふくれはじめたので、弁を開かねばならないと思った。しかしわたしの同伴者は、操縦をわたしの思うとおりにはさせたくないようだった。そこでわたしは、彼がいきおいづいて話しているあいだに、そっと弁の綱をひっぱろうと決意した。なぜならわたしの相手の正体を知る羽目になるのを心配したからだ。ほんとうに、それは恐ろしいことだったろう。いまは、一時一五分前ごろだった。わたしたちは、四〇分前にフランクフルトを出発したのだった。そして南側から風をはらんだ分厚い雲が、いまやわたしたちにぶつかろうとしていた。

「きみは、自分の計画を成しとげるすべての希望をなくしたのかね？」と、わたしは興味をもって……ひどく興味にかられてたずねた。

「すべての希望ですって！」と、未知の男は沈んだ声で答えた。「何度も拒否にあい、風刺画に気持を傷つけられ、そうしたひどい侮辱には、まったくまいった！　改革者におきまりの永遠の刑罰ってわけでさ。ぼくの紙入れにぎっしりつまっている、各時代の風刺画を見てくださいよ」

同伴者が紙片をめくっているあいだに、わたしは彼に気づかれないようにして、弁の綱を握ったのだった。けれども、ガスが洩れるときに出る、水が落下するときの音によく似ているしゅっしゅっという音に彼が気がつきはしまいかと、気が気でなかった。

「ミオラン師に加えられた悪ふざけのひどいこと！」と、彼は言った。「ミオラン師は、ジャニネとブルダンと一緒に上昇するはずだった。操作しているあいだに、彼らの熱気気球に火が燃えついた。無知な下層民どもは気球を目茶目茶にしてしまった。そのあげく、おかしな動物の風刺画で彼らのことを、〈ジャン・ミネとクレダンがニャオ、ニャオとなく〉[17]と、あてこすったものだ」

わたしは、弁の綱を引っぱった。気圧計がまた上がりはじめた。うまくやった！　遠く南のほうで、ごろごろという音が聞こえた。

「もう一つ、別の版画をごらんなさい」と、未知の男は、わたしの操作に気づかずにまた言った。「この巨大な気球は、一隻の船と、城塞や家々などを持ち上げている。この風刺画を描いた連中は、自分たちのあてこすりが、そのうちいつかほんものになるとは考えないのだ。この大きな船は満員だ。左手にはその船の舵が、水先案内人の宿舎と共にあり、船首には遊楽の家と大きなオルガンと、それから地球と月世界の住民たちの注意をひくための大砲がそなえつけられてある。船尾の上には観測所と気球短艇が置かれてあり、地球儀をかたどった気球の赤道の環には、兵舎がある。左舷には角燈がとりつけられ、遊歩するための船尾展望台と帆や補助翼が、また船内には喫茶店や食料品の売店がある。このすばらしい披露文を読んでみなさい。《人類の幸福のために発明されたこの地球儀は、近東

17　ねこの鳴き声をフランス語でミオーレといい、その現在分詞はミオーラン

諸国の商港に向かって絶えず出航するだろう。帰りには両極地へまわるか、ヨーロッパの末端を経るか、いずれそのときに知らせがあるだろう。なんらの手数も必要とせず、すべて用意されていて、万事うまく運営されるだろう。通過するすべての場所に対する正確な料金表はあるが、値段はわれわれ北半球のもっとも遠い国に対しても均一料金である。いいですか、前記の区域内の旅行は、いずれも千ルイ金貨でよろしい。この料金はその知名度に対しても、便宜な点からいっても、またこの気球内で味わえるかずかずの楽しみからいっても、たいへん低廉である。なにしろこの気球内では空想を働かせていろいろなことが味わえ、陸地では見られない楽しみがあるからである。それは本当ですよ。同じ場所にいながら、舞踏会にもいられるし、観測所にもいられるほどです。ある人びとはたいへんなご馳走を食べるだろうし、またある者は断食もするだろう。気転のきく相手に接したい者は、誰と話したらいいかすぐに見つかるだろうし、ばかになりたい者には、それ相応の相手に不足はしない。このように毎日の楽しみが、この気球内の交際社会では中心をなすのである！》このような創意はまったく人を笑わせたものだが……しかしやがていつか、もしわれわれの命数がはてしなくつづくとしたら、このような空中の計画が実現されるこ

ともありえるでしょうな！」

われわれは、あきらかに下降していた。そのことに彼は気づかなかった。彼は、なおしゃべりつづけた。その大事なコレクションである版画のいくつかを、わたしの前にならべながら。

「この気球の一種の賭ごとのようなものを見てください。この賭ごとは、気球操縦術のすべての歴史を物語っています。それは教養ある人びとのあいだで用いられたのでして、それぞれさいころや、価格の数え札を使って賭け、結果に応じて支払ったり金を受け取ったりしたものです」

「ところで、きみはずいぶん気球操縦術を研究したようだね？」と、またわたしは言った。

「ええ、ムッスィウ！　そうですとも！　ファエトン[18]以来、イカロス[19]以来、アルキタス以来、ぼくはあらゆる研究をし、調査をし、おぼえました。もし神がぼくに生命を与えたもうならば、ぼくの手で気球操縦術は大きな進歩をとげるでしょうが！　しかし、それは、かなわぬことでしょうな」

「どうして？」

18　ヘリオスとクリュメネの子、父の馬車を御したが馬が彼の言うことをきかないので、ゼウスは地上が火事になるのを恐れ、雷電をもってファエトンを殺した

19　ろうづけした翼をつけてクレタ島から飛び立った

「なぜならぼくは、ヘロストラトスとか、エンペトクレスと呼ばれているからさ」

そうしているうちに、さいわいにも気球は地面に近づいていた。だが下降するときは、地上から三〇メートルでも一六〇〇メートルでも、危険なことには変わりはなかった。

「あなたは、フルーリュスの戦争[20]のことをおぼえていますか」と、同伴者はまた言いだした。その顔は、しだいに活気をおびてきた。「この戦いでクーテルは、政府の命令で気球隊をつくったのでした。モーブージュの攻囲にあたりジュールダン将軍[21]は、新しい敵情視察の方法を気球隊を使って成しとげたのです。クーテルは一日に二回も、将軍自ら一緒に空中に上昇したのです。気球とそれをおさえている気球隊員との通信は、白、赤、黄色の小旗でなされました。しばしば小銃や大砲が、気球が上昇するときに発射されましたが、たいしたこともありませんでした。ジュールダンがシャルルロワを攻囲する準備をしたとき、クーテルはその要塞の近くまで行って、ジュメの平原から上昇し、モルロ将軍と共に七、八時間観測しつづけ、おそらくそれがフルーリュスの勝利に寄与したのです。そして、じじつジュールダン将軍は、気球の観測から得た救援を大いに顕揚したのでした。ところで！　このときになされた貢献にもかかわらず、ベルギー戦役にあたって、気球の

が、あまり太陽に接近したために、ろうが溶けてエーゲ海に墜落した

20　一七九四年六月二六日、ジュールダン将軍の率いるフランス軍がオーストリア軍を攻囲中、シャルルロワから救援に来たイギリス・オランダ軍を繋留気球を敵情視察に使って破り大勝した

21　ジャン＝バティスト・ジュールダン伯爵、フランスの元帥、一七六二―一八三三年

軍隊上の任務が開始されるのを見たその年に、その使用はまた終わったのでした。政府によって建設されたムードンの学校は、エジプトから帰ってきたボナパルトによって閉鎖されたのです。しかしながら、フランクリンも言ったように、生まれたばかりの赤ん坊に、どうして期待をかけるのでしょうか。生きる力を持って生まれてきた赤ん坊を、窒息させるべきではありません」

未知の男は、額を掌の上にのせて、しばらく考えているようだった。それから頭を上げずに、こう言った。

「ぼくが禁止していたのに、あなたは弁を開けましたな」

わたしは綱を離した。彼はまた言った。

「さいわい、ぼくらは、まだ三〇〇ポンド砂袋を持っている」

「きみの意図するところは、なんなのだね」と、そのときわたしはたずねた。すると彼は、

「あなたは、まだ海を渡ったことがないでしょう」と、わたしにたずねた。

わたしは、顔があおざめるのを感じた。

「ぼくたちがアドリア海のほうへ流されていくのは、いまいましい！　あれは、まるで

川でしかありませんからな。もっと上に出ましょう、たぶん、またちがった気流があるでしょうから」

そしてわたしのほうを見ずに彼は、いくつかの砂袋を気球の外に放り投げた。それから、わたしを脅すように声を張りあげて言った。

「ぼくはきみに弁を開けさせておいたんだよ。なぜならガスが膨脹すると、気球が破れるおそれがあるからね。だが、もう弁は開けないでくれ」

そして彼は、なおも語りつづけた。

「あなたは、ブランシャールとジェフリーとによる、ドーヴァーからカレーに渡った飛行をごぞんじでしょう。すばらしかったな。一七八五年一月七日のこと、北西の風に乗って、彼らの気球はドーヴァーの海岸でガスをいっぱいふくらませた。上昇したときに平衡を失ったので、落下しないために砂袋を捨てざるをえなかった。あとは三〇トンの砂袋しか残らなかった。それは、あまりに少なすぎた。なぜなら風がなかったからだ。彼らはフランスの海岸のほうへ、ごくゆっくりと流れていった。それに袋の浸透性の不完全から、気球がだんだんと空気をぬいていった。そして一時間半後には、旅行者たちは降下しているのに気づいたのだった。

『どうしよう?』と、ジェフリーが言った。

『まだ航路の四分の三しか渡っていない』と、ブランシャールは答えた。『それに、ちょっともあがっていない! もっと上に出たら、たぶんもっといい風にぶつかるだろうが』

『残っている砂を捨てよう!』

気球はいくらか浮揚力を取りもどした。だが、まもなくして、ふたたび下降しはじめた。旅行のなかばにして、数トンの書物と機具類とを捨てたのだった。一五分後に、ブランシャールがジェフリーに言った。

『気圧計は?』

『のぼっている! もう、だめだ、でも、ついそこがフランスの海岸だ』

大きな物音が、聞こえてきた。

『気球が破れたのかな?』ジェフリーが言った。

『いや、違う! ガスが流出して、気球の下部がちぢまったのだ。あいかわらず下降している。もう、だめだ! 降りてしまったら、絶望だ!』

食糧、オール、舵が、海に投げ捨てられた。気球はもはや、一〇〇メートルの高さしかない。

『浮揚している』と、博士が言った。

『そうじゃない。重さを減らしているから浮かび上がったのさ。水平線上には一隻の船も見えないし、小舟だって見えやしない。服を脱いで、投げ捨てよう』

かわいそうに、彼らは裸になった。でも気球は、あいかわらず下降している。

『ブランシャール、きみは一人だけで、この飛行をつづけたまえ。きみはぼくの同乗を受け入れてくれた。だから、ぼくは犠牲になろう！　海に身投げしよう、そうすれば気球は軽くなって、浮上するだろうから』

『いかん、いかん！　そんな、恐ろしいことは』

気球はだんだんと、ちぢまっていった。へこんだのでパラシュートのようになり、気のうの内側のガスが減り、どんどんなくなっていく。

『さようなら、わが友よ！』と、博士は言った。『神のみめぐみのあらんことを！』

彼は身を外に投げだそうとする。それをブランシャールは、ひきとめる。

『一つの手段しか残っていない！』と、彼は言った。『吊籠をゆわいてある綱を切るんだ。そして、ネットの網目につかまるんだ！　そうすれば、たぶん気球はふたたび浮上するだろう。さあ、用意はいいか！　だが、気圧がさがってくる。上昇していくぞ！　風が吹きだした。これで助かった！』

旅行者たちは、カレーを見た。彼らの喜びの、なんと大きかったことか！　それから数分後には、彼らはギュイヌの森のなかに落ちたのだった」

「ぼくが思うのに」と、未知の男はつけ加えた。「こういう場合になったら、あなたはジェフリー博士の例にならってくださるでしょうな」

断雲がきらめく塊になって、われわれの目の下を流れていった。気球はこれらの積雲の上に大きな影を投げかけ、光の輪のようなもので包まれていた。雷鳴が、吊籠の下でうなっている。恐ろしくなってきた。

「降りようよ！」と、わたしは叫んだ。

「降りるんだって！　太陽が、あそこでわれわれを待っている。袋を投げるんだ」

気球はまたしても、五〇ポンド以上の砂袋を放り投げた。

三五〇〇メートルの上空にあって、われわれは停止したままだった。未知の男は、絶えずしゃべっていた。わたしは完全な脱力状態にあったが、彼のほうは得意の絶頂にいた。

「風に乗って、もっと遠くへ行こう！」と、彼は叫んだ。「西インド諸島の上空には、一時間に四〇〇キロ以上も飛ばす気流があるそうだ。ナポレオンの戴冠式のときに、ガルヌラン[22]は、色ガラスでいろどられた気球を、晩の一一時に飛ばした。風は北北西から吹いていた。翌日の日の出に、ローマの市民たちは、サン＝ピエトロ寺院の円屋根の上空を飛ぶその機影に手を振ったという。もっと遠くまで行こう……もっと高く！」

わたしは、もうまるで聞こえなかった。わたしのまわりで耳鳴りがしている！　雲間に、一つの裂目が走った。

「見たまえ、あの町を！」と、未知の男は言った。「あれは、スピールだ」

わたしは、吊籠の外に、身を乗りだした。黒っぽい、小さな密集に気づいた。それが、スピールだった。ライン河はかなり大きく、リボンを繰りひろげたようだった。われわれの頭上には、まっ青な空があった。鳥類は、もうずっと前から、われわれを見かぎっていた。なぜなら、こんなに空気が稀薄になっては、鳥が飛ぶのは不可能だった。わたしたち

22　アンドレ＝ジャック・ガルヌラン、フランスの気球操縦者、一七六九―一八二三年。彼は最初の熱気気球の製作者で、一七九〇年五月三一日に単独飛行をした

だけが、この天空の空間にいた。わたしは、その未知の男と共に！

「あなたをどこへお連れするか、知ろうとしたってむだだよ」と、そのとき男は言った。彼は羅針盤を、雲間に投げたのである。「ああ！　墜落は、なんと美しいことか！　ごぞんじのとおり、世間はピラートル・ド・ロジェからガル中尉にいたるまで、空の犠牲者のことを、あまりに考えなさすぎる。そうして不幸は、決まって軽はずみが原因だがね。ピラートル・ド・ロジェは、一七八五年六月一三日に、ロマンとともに、ブーローニュを発った。彼はガスをむだにしたり、砂袋を投げたりすることから免れるために、彼のガス気球に別の熱気気球をつるしたのだった。それは、一つの火薬の樽の下に、一つの焜炉を置くようなものだった。その軽はずみの結果は、四〇〇メートルの上空で起きたのだった。向かい風にあおられて、海のまっただなかに、投げだされたのだ。ピラートルは下降しようとして、気球の弁を開こうと思った。ところがその弁の綱が気球のなかにからまっていて、気球を破ったために、一瞬にしてからになったのだった。それが熱気気球の上に落ち、熱気気球を旋回させ、不幸な人たちを引きずって、数秒間でちぎれてしまった。恐ろしいことですな？」

わたしは、次の言葉で答えるしかなかった。「おねがいだ！　降りよう！」

雲が四方八方から押しよせてきて、気球の空洞のなかで反響する恐ろしい爆音は、われわれのまわりで交差した。

「あんたは、じつにやりきれんな！」と、未知の男は叫んだ。「われわれが昇っているか、降りているか、わからないようにしてやる！」

気圧計が、いくつかの砂袋とともに、羅針盤と運命を共にした。われわれは、五千メートルの上空にたっしているにちがいなかった。いくつかの氷片が、すでに吊籠の外側に付着して、こまかい雪のようなものが、骨にまでしみこんできたようだった。そのうちに、恐ろしい嵐が、足の下のほうで起こり、われわれは、暴風雨のはるか上にいるのだった。未知の男が言った。

「こわがりなさんな。命を落とす者は、軽はずみな連中ばかりさ。オルレアンで亡くなったオリヴァリは紙でつくった熱気気球で舞い上がった。彼の吊籠は可燃性のものを積みこんで、焜炉の下にぶらさがっていたもんだから、炎の餌食になったんだ。オリヴァリは落ちて、死んだ！　モスマンはリールで、軽い厚板に乗って、浮上した。揺れて、彼は平均を失った。モスマンは落ちて、死んだ！　ビトルフはマンハイムで、彼の紙風船が空中で燃え上がるのを見た。ビトルフは落ちて、死んだ！　ハリスはつくり方に欠陥のある気球で上昇したからで、その大きすぎる弁をしめることができなかったのだ。ハリスは落ちて、死んだ！　サドラーは空中に長くとどまっているうちに砂袋がなくなり、ボストン市の上空に連れていかれ、煙突にぶつかった。サドラーは落ちて、死んだ！　クッキングは、自ら完全を誇っていた凸状のパラシュートで下降し、落ちて、死んだ！　ああ！　ぼくは、こうした軽はずみな犠牲者たちが好きだ。ぼくは、これらの連中と同じように死のう！　もっと上へ！　もっと上へ！」

この死亡者名簿の亡霊たちが、目の前をよこぎった。空気が稀薄になり、太陽の光線が強いので、ガスの膨脹度が増し、気球は依然として上昇していた。わたしはただ機械的に、弁を開こうと試みた。だが未知の男が、わたしの頭上わずかのところで、弁の綱を切ってしまった……もう、だめだ！

「あんたは、ブランシャール夫人が落ちるのを見たかね？」と、彼は言った。「ぼくは見たんだよ。そうだとも！　ぼくは一八一九年七月六日に、ティヴォリにいたんだ。ブランシャール夫人は、積載量の負担を少なくするために、小さな気球で飛んでいたので、それを完全にふくらませなければならなかった。それゆえガスは、気球の下部の通気筒から排出して、まさしくその通ったあとに水素の煙がたなびいていた。彼女は吊籠の下に、彼女が燃やさねばならぬ閃火する光の輪のようなものを針金でつるし、それを運んでいた。いままでに何回も、彼女はこの実験を試みていたのだった。その日彼女はそのうえ、先が丸く銀色の無数の火花を放つ信号弾のために、砂袋を備えたパラシュートを取り外さねばならなかった。彼女は前もって準備しておいた点火具で信号弾に点火したあと、それを発射することになっていた。彼女は出発した。その夜は、雲っていた。彼女は閃火装置に点火するとき、不注意にも、気球から外に流れている水素の柱の下に点火具を持っていったのだった。ぼくは、じっと彼女を見守っていた。とつぜん思いがけない閃光が、暗闇をぱっとあかるくした。ぼくは最初それを、熟練した搭乗者の予期しない贈り物だと思った。光は大きくなり、とつぜん消えた。それがふたたび見えたときは、気球のてっぺんから燃え上がる巨大なガスの放射の形をとっていた。この不気味な光は大通りに、モンマルトルの町全体に投影していた。そのときぼくは、不幸な女が立ち上がって、火を消すために気球の通気筒を圧縮しようとして、二回試みるのを見た。それから彼女は吊籠のなかに坐して、下降すべく操縦しはじめた。なぜならば彼女は落下したのではなかったからだ。ガスの燃焼は、数分間つづいた。気球はだんだんと小さくなっていって、なお下降しつづけていた。しかし、それは落下ではなかった！　風は北西から吹いていて、気球をパリの上空にふたたび追いやっていた。当時、プロヴァンス街一六番地の住宅街には、大きな庭のある家が数軒あった。気球は、危険なしにそこへ落ちることができた。だが、宿命というべきか！　気球と吊籠は、家の屋根の上に落ちた。衝撃は軽かった。『助けて！』と、不幸な女は叫んだ。そのときぼくは、その街にかけつけていた。吊籠が屋根の上をすべった。そして、一つの鉄のかすがいにひっかかった。そのはずみに、ブランシャール夫人は吊籠の外に放りだされ、敷石の上に落下した。ブランシャール夫人は死んだ！」

この話は、わたしを恐怖に追いやった。未知の男は立ったままで、頭にはなにもかぶらず、髪の毛を逆だたせ、目をらんらんと輝かしていた。

もはや、錯覚の可能性などありえない！　ついにわたしは、恐るべき真実を見たのだった！　わたしは、一人の気違いにかかわりあったのだった。

その男は、残っている砂袋を投下した。われわれは少なくとも九千メートルの高度に、運ばれたにちがいなかった！　血がわたしの鼻や口から流れ出た！

「科学の殉教者になるくらい立派なことはあるまい」そのとき、狂人は叫んだ。「後の世代の人びとによって、聖列に加えられるだろう！」

だが、わたしはもう聞いていなかった。狂人は自分のまわりを見まわして、わたしの耳元にささやいた。

「またザンベッカリ[23]の最期を、あんたは忘れたかね？　まあ、聞きなさい。一八〇四年一〇月七日、空がようやく白みはじめたようだった。前日来の風や雨は、やんでいなかった。でも、ザンベッカリによって告知された上昇は、延期することができなかった。彼の敵は、すでに彼を嘲弄していた。世界の物笑いから科学と彼を救うためにも、出発しなければならなかった。それは、ボローニャで行なわれた。気球を満たすのに、誰も手を貸さなかった。

彼がアンドレオリとグロセッティを伴って上昇したのは、真夜中だった。気球は、ゆっくりと昇った。なぜなら気球は雨のために孔をあけられていたので、ガスが流出していた

23　フランチェスコ・ザンベッカリ伯爵、イタリアの気球搭乗者、一七五二―一八一二年

のだ。三人の勇敢な旅行者は、にぶい角燈《ランターン》の光によってしか、気球の状態を観察できなかった。ザンベッカリは、この二四時間、なにも食べていなかった。グロセッティも、朝からなにも食べていなかった。ザンベッカリが言った。

『友よ、寒さが身にしみる。おれは、もうへとへとだ。もうじき、命がないよ』

彼は意識を失って、柵のなかで倒れた。グロセッティも、同じように倒れた。アンドレオリだけが、目覚めていた。長い努力の結果、彼はザンベッカリを無気力状態から呼びもどすことができた。

『なにか、新しいことがあったかね。われわれは、どこへ行くんだ？　風は、どっちから来るかね？　いま、何時だい』

『一〇時だ』

『羅針盤は、どこへ行った？』

『こわれちまった』

『こまったな！　角燈のろうそくも消えた』

『こんなに空気がなくなっては、ろうそくは燃えないよ』と、ザンベッカリが言った。

月は出ないし、大気は、恐ろしい暗闇のなかに包まれている。

『寒いな、寒いな！　アンドレオリ、どうしよう？』

不幸な人たちは、白っぽい雲の層を通って、ゆっくりと下降している。

『しっ！　聞えないかい？』と、アンドレオリ。

『なにがだい？』ザンベッカリは答える。

『奇妙な音が！』

『耳のせいだ』

『いや、そうじゃない！』

これらの旅行者は真夜中に、わけのわからぬ物音を聞いたと思うかね。彼らは、どこかの塔にでもぶつかろうとするのか？　彼らは屋根の上に急降下しようとするのかね？

『聞こえるだろう？　海の音のようだ！』

『そんなことはない』

『波のひびきだ！』

『ほんとうだ！』

『あかりを。あかりをよこせ！』

むだな五分間の試みののち、アンドレオリがそれを手に入れる。三時だった。波の音が、激しく聞こえる。彼らは、ほとんど海面にふれていた。

『もうだめだ！』ザンベッカリが叫ぶ。彼は大きな砂袋をつかむ。

『助けて！』アンドレオリが叫ぶ。

吊籠は水面にふれる。波が彼らの胸までかぶさる。

『海に、器具類、衣服、財布を投げるんだ！』

搭乗者たちは、すっかり裸になった。身軽になった気球は、恐ろしい勢いで上昇した。ザンベッカリは、ひどく吐いた。グロセッティは多量の血を鼻や口からだした。不幸な人たちは息苦しくて、口もきけなかった。寒さが彼らをとらえ、一瞬にして彼らは、氷の層におおわれた。月が、血のように、まっ赤に見えた。

こうして上空を一時間半ほど疾走してから、気球は海に墜落した。朝の四時だった。遭難者たちは、からだ半分水につかっていた。気球は帆走しながら、彼らを数時間ひきずりまわした。

明方ごろ彼らは、海岸から六・五キロほど離れて、ペザロに相対していた。彼らは、ペザロに近づこうとした。そのとき、一陣の風が、彼らを沖のほうに追いやった。彼らは、もはや望みがなかった。小舟も、彼らが近づくと、びっくりして逃げた……さいわいにして、事情に通じていた一人の航海者が彼らに近づき、甲板に引きあげた。彼らはフエラダに上陸した。

恐ろしい旅行でしたたな。しかしザンベッカリは精力絶倫な、勇敢な男だった。彼は痛手から立ちもどると、ふたたび上昇を試みた。それらの飛行の一つで、彼は一本の樹木に突きあたり、アルコール・ランプが、彼の衣服に燃えうつった。彼は炎に包まれた。彼がなかば燃えながら降り立つことができたとき、彼の気球が燃えはじめた。

最後に一八一二年九月二一日に、彼はボローニャで、別の上昇を試みた。彼の気球が一本の樹にひっかかった。彼のアルコール・ランプは、そのときふたたび燃え、ザンベッカリは落ちて、死んだ。

こうした事実を前にして、われわれはなお躊躇するであろうか。いや！　われわれは上に昇れば昇るほど、それだけ死はいっそう輝かしいものになる！」

積みこんでいたあらゆるものを投下した気球は、とほうもない高度へ運ばれた！ 気球は、大気の中でふるえていた。ほんのちょっとした物音も、天空に響きわたった。無限の広がりで、たった一つわたしの視線をとらえていた地球は、消えうせるように思われ、われわれの頭上では、星のきらめく空の広がりが、深い闇のなかに消え去っていく！

わたしは目の前に、未知の男が立ち上がったのを見た！ 彼は呼ばわった。

「さあ、時間だ！ 死んでもらおう！ われわれは、人間どもから見放されたんだ！ 彼らはわれわれを侮辱する！ 彼らを押しつぶすんだ！」

「助けてくれ！」と、わたしは言った。

「綱を切れ！ 吊籠を空中に放りだすんだ。引力が方向を変えるだろうよ、われわれは太陽に近づくだろう」

絶望が、わたしを奮いたたせた。わたしは狂人におどりかかった。わたしたちのからだは、もつれ合い、恐ろしい闘争が繰りひろげられた。しかしわたしは、打ちのめされた。彼はわたしを膝で押さえつけ、吊籠の綱を切った。

「一つ……」と、気違いは言った。

「助けてくれ……」

「二つ……三つ……」

わたしは死にものぐるいの力をだして、起き上がり、狂人を激しく押した。

「四つ！」と、気違いは言った。

吊籠は落下した。だが、本能的に、わたしは綱具にしがみつき、網目をよじ登った。

狂人は、大気中に姿を消した。

気球は、広大無辺の高みにまで上がった！　恐ろしい、めりめりっという音が聞こえた！……あまりに膨脹したガスは、気のうを突き破った！　わたしは目をつぶった。

数分後に、しめった暑熱で、わたしは息を吹きかえした。わたしは、燃え上がっている雲間にいた。気球は、恐ろしい勢いで、ぐるぐるまわっていた。風にあおられて、気球は水平線をたどって、すっ飛んでいた。雷光がまわりで交差した。

しかしながら、わたしの落下は、それほど急速ではなかった。わたしが眼を見ひらいたとき、わたしは野原を見たのだった。わたしは、海から三・五キロほど離れたところにいた。突風が力強くわたしを追いやり、とつぜん大きく揺れて、わたしを捨ててくれたのだった。わたしが手を放すと、綱が急に指のあいだからすべり落ち、わたしは地面に投げだされていた。

地面の上をひきずっているうちに錨の綱がどこかの地割れにひっかかったからで、わたしの気球は最後の積荷を投げ捨てると、海上はるかに飛び去ったのである。

わたしは我にかえったとき、アムステルダムから六〇キロほど離れた、ズイデルゼ海岸にのぞむ、グェルドルの小さな町ハルデルヴィクの、とある農家によこたわっていた。

奇蹟的に、わたしは命びろいをしたのだった。だがわたしの旅行は、自分としては避けられないものであったにせよ、一人の気違いによってなされた、軽率きわまる行為の連続でしかなかった。

願わくばこの恐ろしい話が、これを読む人たちをして、空中を飛行する探検家たちの勇気をくじかせるようなことなどがないように!

マルティン・パス

1

太陽はまさに、コルディレールの、雪におおわれた山頂に沈んだところだった。しかし美しいペルーの空の下には、夜のすきとおるようなヴェールを通して、すがすがしい光が大気にしみこんでいた。その時刻には、人びとはヨーロッパふうの生活をして、気持ちのいい涼を求めに、ヴェランダから外へ出るのだった。

最初の星々が地平線上にあらわれたけれども、おびただしい散歩者の群は、皆軽いコートを羽織り、取るに足らない仕事の話を深刻に、ぺちゃくちゃと話しながら、リマの通りという通りをとおって、プラサ・マヨール、昔の〈王の土地《シテ》〉の広場へと集まった。職人たちは、その涼しいあいだを利用して、毎日の仕事に精をだした。そして彼らは、群衆のあいだを敏捷に歩き抜けて、その手づくりの品の優秀さを大声で叫んだ。女たちは、注意深くマントのなかに頭を入れて顔を隠し、喫煙者の群のあいだを、練り歩いていた。幾人かの夫人が舞踏会への装いで、丈《たけ》なす髪に生花をたかだかと結び、広い四輪馬車のなかに、ゆったりとかまえていた。インディアンたちは、身内に湧いてくる、ひそかな羨望心を言葉や動作によって外へ出すまいとしながら、瞥見されるごとに身の低さを感じるので、目を伏せたままで通りすぎていった。このように彼らは、やはり彼らと同じように排斥されている混血人《メチス》と、いい対照をみせていた。けだし混血人たちの抗議は、はるかに騒々しかったのである。

ピサロの誇りたかき後裔者をもって任じているスペイン人たちは、さながら彼らの先祖が〈王の土地〉を建設したころと同じような気持で、頭を高だかとあげて歩いていた。彼らの代々伝わる蔑視感は、彼らが征服したインディアンたちと、新大陸の土着人とのあいだに生まれた混血児に対して等しく向けられていたのである。インディアンたちは、奴隷化された人種特有の勘定で、彼らの鉄鎖を破ることしか考えず、昔のインカ帝国の征服者に対する反感のなかに、ブルジョア気分になって横柄な顔をしている混血人に対する反感もこめていた。

しかし混血人たちは、スペイン人のインディアンを窒息せしめている蔑視感、インディアンのスペイン人に向けられた憎悪感、この二つの等しく烈しい感情のあいだにあって、不安にかられていた。

　プラサ・マヨールの中央にそびえている美しい泉水のそばで、一群の青年たちが騒いでいた。彼らは、長くて真四角に裁断されて、頭をだすように穴があけられてある、木綿でつくられたポンチョというマントを羽織り、色とりどりの縞目のあるズボンをはき、ガヤキル産の麦藁で編んだつばの広い帽子をかぶり、身ぶり手ぶりよろしく大いにしゃべりまくり、叫んでいた。

「アンドレ、きみの言うのはもっともだよ」と、ミラフロレスという背の低い男が、へつらうような口調で言った。

　このミラフロレスは、金持の商人であった父親を陰謀者ラフェンテの最近の暴動で殺害された、混血児アンドレ・セルタの食客であった。アンドレ・セルタは、たいへんな財産を相続したが、彼は利口なので、友人たちの要求するがままに散財し、膨大な額の金貨と交換に、友人たちにはささやかな心遣いしか求めなかったのである。

「政府が替ろうが、ペルー王国の顚覆をはかる檄文をひっきりなしにまこうが、それがいったいなんの役に立つんだ?」と、ふたたびアンドレは、大声で叫んだ。「ガンバラが政権をとろうが、サンタ・クルスが統治しようが、真の平等がうち立てられないかぎり、同じことだ!」

「そのとおり、そのとおり!」と、小男のミラフロレスが叫んだ。彼は平等主義の政府のもとにあってさえも、すぐれている人物とけっして平等にはなりえなかっただろう。

「なんだって!」とアンドレ・セルタは、また言った。「一商人の息子であるおれは、ラバに曳かれた四輪車にしか乗ることができないのであろうか? おれの船が、この国に富と繁栄とをもたらさなかったであろうか? ピアストル銀貨を用いた有益な貴族政治が、スペインのすべての実質のない称号に価いしないとでもいうのか?」

「それは、恥だ!」と、一人の若い混血児が叫んだ。「おや! ドン・フェルナンドだ! 二頭立ての馬車でやってくる! ドン・フェルナンド・ダギリヨだ! やつは馭者を食わすのがやっとなのに、座席の上でいい気になって、ふんぞり返っていやがる! おや、また別の車だ! ドン・ヴェガル侯だ!」

美々しく飾られた一台の四輪馬車が、プラサ・マヨールの広場へさしかかった。それは、アルカントラ、マルタ、ならびにシャルル三世の騎士、ヴェガル侯の馬車だった。しかしこの大貴族がここへやってくるのは、べつにてらう気持ではなくて、ただ退屈をまぎらすためなのだ。そのやりきれない思いは、うなだれている首筋にもよくあらわれていて、その四頭立ての馬車が群衆のなかに道を開いてきたときの混血児たちの羨望など、およそ彼の眼中にはなかったのである。

「おれは、あの男が大きらいだ！」と、アンドレ・セルタは叫んだ。

「そんなことを言ったって、きみはいつまでもあの男を憎んじゃいられないさ！」と、若い騎士の一人が言った。

「そんなことはない。なぜならば、貴族という貴族が、ありったけの贅沢をつくして、これみよがしにふるまっているが、わたしは彼らの有金や、その家族の宝石類がどこへ姿を消すか、ちゃんと知っているからな！」

「なるほど！　きみは事情に通じているわけだな。なにしろ、ユダヤ人サミュエルの家へ出入りしているんだから！」

「そうなんだ、あの老いぼれのユダヤ人の帳簿に、貴族の借金が記帳されているんだ。そしてやつの金庫には、金銀財宝が積みかさなっている。すべてのスペイン人が、あのセザール・ド・バサンのように物請いになったときこそ、われわれは正面きって、彼らに立ち向かうことができるだろう！」

「アンドレ、きみはとくべつさ。きみは百万長者で、おまけに、きみの財産は倍になるんだ！」と、ミラフロレスが言った。「ほんとに！　いったいきみは、いつあのサミュエル老人の娘と結婚するんだい？　あの根っからのリマっ娘《こ》で、サラという名前だけがユダヤ人である別嬪さんと……」

「一カ月後だ」と、アンドレ・セルタは答えた。「そして一カ月後には、ペルーではおれの財産をしのぐ者はいなくなるんだ！」

「しかし、どうしてきみは、もっと上流のスペイン娘と結婚しないのかい？」と、一人の混血人が言った。

「わたしはあの連中がきらいだし、軽蔑しているからね！」

アンドレ・セルタはその階段に入ろうと試みて、みごとに肘鉄砲をくったことなど、すこしも外にあらわさなかった。

そのときアンドレ・セルタは、一人の背の高い男から、激しくこづかれた。その男は、

半白の髪なのに、手足は頑丈で、いかにも強そうだった。

その男は、山のインディアンで、襟元の大きく開いた、ごつごつした感じの下着をのぞかせている褐色の上着を着て、毛の濃い胸元をあらわにしていた。ズボンは短く、みどり色のふとい縞が入っていて、あかい靴下どめで、くすんだ色の長い靴下に結《ゆわ》いてあった。そして足には、牛皮でつくったサンダル靴をはき、先のとがった帽子の下に、大きな耳環を輝かしていた。

その男は、アンドレ・セルタにぶつかってから、じっとアンドレをにらみつけた。

「あわれなインディアンめ！」と、混血人は腕を振りあげて叫んだ。

仲間たちは、いきり立つアンドレを止め、ミラフロレスは、大声で言った。

「アンドレ！　アンドレ！　気をつけろ」

「いやしい奴隷のくせに、おれを小づきおって！」

「こいつはばかなんだ！　サンボっていうやつさ！」

サンボはなおも、故意にぶつかったその混血人をにらみつづけていた。アンドレは怒りのあまり、腰の短刀に手をやって、喧嘩を売ってきた男に飛びかかろうとした。そのとき、ペルーのベニヒワに似た鋭い叫びが、群衆のなかから聞えた。サンボは、姿を消した。

「みかけによらぬ臆病者め！」とアンドレ・セルタは叫んだ。

「まあ、気をしずめたまえ」と、ミラフロレスが静かに言った。「プラサ・マヨールを離れよう。この付近ではリマの人間がいばっているからね！」

そのとき若者たちは、広場の奥のほうへ来ていた。すっかり夜になった。リマの住民は、〈タパダス〉[1]の名に背かず、からだをすっかりおおっているマントのために、だれかれの見分けがすこしもつかなかった。

プラサ・マヨールは、いまが最高潮だった。叫び声や、ざわめきが、いっそうたかまっていた。広場の北にある副王宮の中央入口の前に陣どっていた騎馬巡査は、群衆の波にもまれて流されまいと、かろうじて踏みとどまっていた。この広場にはさまざまな変化に富んだ商品が集まっていて、さながらそれらの品物の陳列場のようだった。副王宮の階下と、大伽藍の土台は商店に占められていて、それ全体がまるで熱帯産物をならべたバザーのようだった。

広場は、湧き返るようだった。そのときアンジェリュスの鐘が、鳴りひびいた。する

1　隠されているというような意（原注）

と、騒がしさがぴたりと止んだ。かんだかい叫び声に、静かな祈りのささやきが、とってかわった。女たちは散歩の途中で足をとどめ、手をロザリオのところに持って行った。すべての人びとが足をとどめ、身をかがめているのに、一人の娘と、その供の老婆とは、群衆のあいだを、道を開いて立ち去ろうとしていた。そこで、この祈りを乱した二人の女に対して、それを非難する声が、あちこちでした。若い娘は、足をとめようとしたが、付添いの老婆が、強く娘を引っ張っていった。

「まるで悪魔の娘だね」と、彼女のすぐそばで、誰かが言った。

「あの呪われた踊り子は、何者だね?」

「またしても〈カルカマン〉[2]の女たちの一人だろうよ!」

ついに若い娘は、すっかりとり乱して足をとどめた。

とつぜん一人のラバひきが娘の肩をおさえ、むりにひざまずかせようとした。ところが、その手が彼女のからだに触れたかと思うと、別のたくましい腕が、その手を払いのけたのだった。この光景は、電光のように迅速に行なわれ、つづいて一瞬、あたりがざわめいた。

2 ペルー人がヨーロッパ人を呼ぶ蔑称(原注)

「お嬢さん、はやく逃げなさい！」やさしい敬意のこもった声が、娘の耳元で聞こえた。娘は、恐ろしさであおざめた顔を振り向いた。そこには、一人の背の高い若いインディアンが腕を組んで、足をふんばり、相手が向ってくるのを待っていた。

「いよいよ、あたしたちは堕落した！」と、付添いの老婆は叫んだ。

そして、若い女を連れて立ち去った。

ラバひきは、倒れたとき傷ついたが、起き上がった。しかし、こんな若いインディアンのように決然と構えている相手に立ち向かうことは不利だと考えたので、ラバを連れ、捨てぜりふを残して、行ってしまった。

2

リマの町は、その河口から三六キロほど距った、リマックの谷間にあった。東と北には、アンデス山脈につらなる最初の起伏が、始まっていた。リマの町の背後にそびえるサン＝クリストバールとアマンカエスの山々で形成されたリュリガンチョの谷間は、そのはずれがその郊外につらなっていた。町は河の岸辺に沿い、むこう岸はサン＝ラザロの郊外になっていて、五つのアーチのある橋によってつながっていた。その川上には、三角形の堆積が、流れをはばんでいた。川下の堆積は、散歩者の恰好の休み場所であって、夏の宵などはその上によこたわりにくる風流者があった。

町は、東西の長さ三六〇〇メートル、橋から城壁までの幅が二二五〇メートルあった。城壁は、高さ三・三メートル、基礎の厚さが三メートルあって、〈アドベス〉でつくられてあった。それはこまかく刻んだ藁を多量に入れた粘土を太陽熱で乾かした一種の煉瓦で、はじめから地震に耐えられるようにつくられたものである。また、城壁には七つの門と、三つの出入口とがあって、その東南の端は、サン=カトリンヌの小さな砦になっていた。

以上が、一五三四年の主顕節の日に、ピサロによって建設された、昔の〈王の土地〉である。そこは、かつてそうであったように、現在でも、絶えず繰りかえされる革命の舞台であった。リマは、一七七九年に奇妙な方法でつくられたカラオ港のおかげで、かつては太平洋に面するアメリカの貨物集散地であった。人びとは岸辺に、石、砂、その他の残骸のいっぱいつまっている第一級の古船を坐礁させ、このがっちりした基礎のまわりに、ガヤキルから送ってきた、水に変質しないマングローヴの杭を打ちこみ、その上にカラオの波止場ができあがったのである。

リマの気候は、アメリカの対岸にあるカルタヘナやバイヤよりもはるかに温暖で気持よく、新大陸のもっとも快適な町の一つであった。風は二つの流れがあって、変化しなかった。すなわち、その一つは南西から太平洋を渡ってくる風で涼しく、もう一つは南東から吹く風で、コルディレールの氷の頂きの冷気をふくんでいた。

熱帯気候の夜は美しく澄んでいて、晴れわたった空からの光にさらされた大地を豊饒にする慈悲深い露を精製する。それゆえ夜になると日がかげって涼しくなるので、リマの住民たちは、屋内の招宴をながびかせるのだ。まもなく街は人通りがまばらになり、酔客が火酒やビールを求めても、開いているホテルを見つけるのは困難になる。

その夜、付添い女を伴ったあの若い女は、べつに何事もなく、リマックの橋に至った。彼女は、神経がたかぶっていたので、ほんのささいな物音にも聞き耳を立てていたが、ラマをひく鈴の音も聞かなければ、インディアンの口笛も聞かなかった。

この娘がサラという名の女で、父親のユダヤ人サミュエルのもとへ帰るところだった。彼女は濃い色のスカートをはいていたが、半伸縮性のプリーツが折り込まれていて、下のほうがひどく幅が狭いので、どうしても小きざみに歩かねばならず、それがいっそう彼女に、特にリマの女性としてのあの繊細な優美さを与えていた。そのスカートにはレースと花の飾りがあって、その上に絹のマントをはおっていた。マントは頭巾でおおわれている頭の上まであった。美しい靴下と、繻子の小さな短靴が、その美しい服の下に見えた。腕には高価な腕輪がはめられてあり、その容姿は、スペイン語で言う〈べっぴんさん〉という言葉が、よくその魅力の全部を言いあらわしていた。

ミラフロレスの言ったことは、ほんとうだった。アンドレ・セルタの婚約者は、名前の上だけでユダヤ人だった。なぜならば彼女は、まぎれもないスペイン女で、その美しさはどのような賛美の言葉もおよばなかった。

付添い女は、ユダヤ人の老婆で、その顔にはその貪欲さと守銭奴根性がよくあらわれており、サミュエルの忠実な召使であった。サミュエルもこの老婆には、それ相応に支払っていた。

二人の女が、サン＝ラザロの郊外に入ったとき、僧服をまとい、顔を頭巾でかくした一人の男が、彼女たちのそばを通りすがりに、じっと彼女たちを見つめた。その男は大男で、静かで善良さのあふれた、りっぱな顔をしていた。その男は、神父のジョアキム・ド・カマロネスで、彼は通りすがりにサラに対し、意味ありげな微笑を投げかけたのである。サラも僧侶に手でやさしく合図を送ったが、そのあとすぐに連れの女のほうを見た。

「いいですか、お嬢さん?」と、老婆がたしなめるように言った。「キリスト教の信者にはずかしめられただけでは、まだ足りないんですか? そのうえ、司祭に挨拶するなんて? そのうちいつかは、ロザリオを手にして教会の儀式に出るようになるでしょうよ」

教会の儀式は、リマの住民にとっては大切なことだった。

「あなたっていう人は、ふしぎな推測をする人ね」と、若い女は顔をあからめながら言い返した。

「ふしぎなのは、あなたの行動ですよ！　ご主人のサミュエルさまが、今晩起こったことをごぞんじになったらば、なんと申しあげてよいやら？」

「乱暴なラバひきが、あたしの罪深いことを侮辱したことかしら？」

「そのことはいいんですよ、ラバひきのことは、問題じゃありません」と、老婆は首を横に振って言った。

「では、あの若者が、いやしい男の悪口雑言に対してあたしをかばってくれたのが、悪いというのかい？」

「あのインディアンが道で待ち伏せしていたのは、こんどがはじめてですか？」と、老婆はたずねた。

娘の顔は幸いなことに、マントに隠れて見えなかった。なぜならば、暗がりだけでは、老婆のもの問いたげな視線からその戸惑いを隠すのに十分ではなかったからだ。

「インディアンがどこにいるのかは、お尋ねしますまい」と老婆はふたたび言った。「彼に気を配るのは、わたくしの仕事なんですからね。わたくしが不満なのは、あのキリスト信者たちの言うことをきいて、あなたがあの連中のお祈りの場に留まりたいと思ったことなのです。あなたは、あの連中と同じように、ひざまずきたがったのではないでしょうか？　もしお父さまが、わたくしがそのようなあなたの背教のことを悩んでいるのをごぞんじになったらば、すぐわたくしは追いだされてしまうでしょうよ！」

しかし若い女は、老婆の言葉など、すこしも聞いてはいなかった。若いインディアンについての老婆の警告は、彼女を甘い追想へと追いやったのである。彼女にはこの若者の干渉が、神の摂理のように思われたのだ。そして何回も彼女は、もしかしてあの男があとをつけて来はしまいかと、暗闇の中をすかし見るために、振り向いたものだ。サラは心のなかに、一種の大胆さをもっていて、それがまた彼女にぴったり合っていた。ひとりのスペイン女性として素晴らしく美しい彼女は、もし彼女があの男のほうをじっと見つめたとしても、あの男が傲然とかまえていて、彼女を保護する交換条件として、彼女の視線を求めるようなことをしなかったからである。

インディアンが自分のあとをつけていると想像したサラは、すこしも間違っていなかっ

た。マルティン・パスは、若い女を救ったのち、彼女の住居をたしかめたいと思ったのである。そこで、散歩者が四散したとき、彼は彼女から見られないようにしてそのあとをつけたのであった。

このマルティン・パスは、りっぱな美しい青年であった。彼は、山のインディアンの正服を感じよく着こなしていた。その幅の広い麦藁帽からは、黒い髪が見え、その巻毛が、顔の銅色とよく調和していた。その目はかぎりない優しさをたたえ、その鼻は、この種族にはめずらしく、かわいらしい口の上に高くついていた。それはあきらかに、勇敢無比のマンコ＝カパック族の後裔であり、その血管には、偉業を成し遂げねばやまぬ熱気があふれていたのである。

マルティン・パスは、はでな色のスペイン・マントを悠然と着こみ、腰にはマレーの短刀をさしていた。これは腕利きの者に持たすと恐ろしいやつで、それをとり扱う腕に、まるで鋲でとめたような働きをするからだ。北アメリカのオンタリオ湖付近にでもいたならば、このインディアンは、イギリス人に対して何度も勇敢に戦いを挑んだあれら流浪の種族の長であったろう。

マルティン・パスは、サラが富裕なサミュエルの娘であり、金持の混血人アンドレ・セルタの婚約者であることを、よく知っていた。彼は、彼女の生まれ、その社会的な地位、その財産状態からいって、彼女が自分の階級に属さないことをよく知っていたが、彼はそれらの不可能な点をすっかり忘れ、自分自身の心の動きしか感じなかった。

マルティン・パスは自分の考えに耽りながら、歩みを速めていた。そのとき彼は、あとから追いかけてきた二人のインディアンに、呼びとめられたのである。その一人が言った。

「マルティン・パス、今夜は必ず、山の兄弟たちに会いにくるだろうね？」

「ああ、行くよ」とパスは冷やかに答えた。

「スクーナー船〈御告丸《おつげ》〉が、カラオの高地から見えたんだ。だいぶ迂回したが、岬の鼻を通り、まもなく見えなくなった。たぶん、リマックの河口から陸に近づいたんだと思うが、そうなれば、われわれの樹皮のカヌーで、やつらの積荷を軽くしてやるのにおあつらえむきさ。そのとき、ぜひあんたに、いてもらわなくちゃ！」

「マルティン・パスは、自分がしなければならないことを知ってるから、それは大丈夫だ」

「ここで、われわれが話しているのは、サンボの名においてなんだ！」

「僕は、僕の名前で、話している！」

「しかしどうもこんな時間に、サン＝ラザロの場末にいるのは腑におちないな。どういうわけだね？」

「おれがどこにいようが、そんなこと勝手じゃないか」

「それも、ユダヤ人の家の前でさ」

「それを悪いというあんたたち自身が、今夜山でおれに会うんだから、そう文句言うな」

三人の目は、きらりと光った。が、それっきりだった。インディアンたちは、ふたたびリマックの堤防のほうへ戻った。そして彼らの足音は、闇のなかに消え失せた。

マルティン・パスは、つかつかと、ユダヤ人の家に近づいた。この家も、多くのリマの家同様、三階建てだった。階下は煉瓦づくりで、その上に竹を結び合わせて漆喰で固めた壁がのっていた。この建物の部分は、すべて地震によく耐えるように、上手にペンキ塗で、階下の煉瓦を真似てつくってあった。屋根は四角で、花々におおわれ、芳香に満ちたテラスになっていた。

大きな正門の両側には、それぞれ小さな離れ屋が建っていて、そのあいだから中庭に入るわけだが、それらの離れ屋には、土地の習慣によって、街路に面して窓は開いていなかった。

マルティン・パスがサラの家の前に足を停めたとき、教会の鐘が一一時を告げた。あたりはしーんと静まり返っていた。

どうしてこのインディアンは、この壁の前を動かないのだろうか？ というのは、白い影が、夜の暗闇のなかにぼんやり形をとどめている匂いのする花ばなに埋もれたテラスに、あらわれたからであった。

マルティン・パスは、思わず知らず、両の手を高くあげて、愛情のしるしに両手を合わせた。

とつぜん白い影は、なにかにおびえたように、倒れた。

マルティン・パスは、振り向いた。見ると、アンドレ・セルタが、その面前に立っていたのだ。

「いったい、いつからインディアンたちは、こんなふうに、夜遅く女に見とれるようになったのかね？」と、アンドレ・セルタは、腹立ちまぎれにたずねた。

「インディアンたちが、自分たちの先祖の土地を自身で踏みにじるようになってからさ」

と、マルティン・パスは答えた。

アンドレ・セルタは、じっと動かない敵手のほうへ、一歩足を進めた。

「哀れなやつよ！　おまえは、おれに場所を譲るのか？」

「そうはさせるか！」と、マルティン・パスは言い放った。

二本の短刀が、二人の敵手の右手に光った。背は二人とも同じで、力も二人とも匹敵するようにみえた。

アンドレ・セルタの腕がすばやく振りあげられ、それがさらにすばやく振りおろされた。その短刀が、インディアンのマレーの短刀と、がっちりぶつかったのである。とたんに彼は肩を切られ、地面にころがった、

「誰かいるか！　おれだ！」彼は叫んだ。

ユダヤ人の家の戸が、開かれた。隣の家からは、混血人たちが駆けつけた。人びとは、すでに大急ぎで逃げだしたインディアンのあとを追った。残った者たちが、負傷者を抱き起こした。その一人が叫んだ。

「この男は、何者だ？　もし船乗りなら、サン＝テスプリ病院へ、インディアンなら、サン＝タンヌ病院へ連れていけ」

一人の老人が、負傷者に近づいた。そしてその姿を見たとき、彼は叫び声をあげた。

「この若者を、宅へ運んでくれ。思いがけない災難だ！」

老人は、ユダヤ人サミュエルであった。彼は負傷者が、娘の夫になるべき男であることを知ったのである。

一方マルティン・パスは、暗闇とその脚の速さにものを言わせて、なんとかして追跡の手から遁れたいものだと思った。自分の首が、かかっているのだ。彼は野原へ出てさえしまえば、助かるのだ。しかし町の入口は、夜の一一時にしまってしまって、朝の四時にならないと開かないのだ。

彼は、さっき通った石橋にさしかかった。このとき、混血人たちに数人の兵隊が加わって、ぐっと、彼に迫ってきた。しかもあいにくなことに、一隊の巡察隊が、彼の行手をはばんだのである。進退ここにきわまったマルティン・パスは、欄干を乗り越え、巌《いわお》に砕ける激流に飛びこんだ。

追跡者は二組に分かれて、遁走者が陸にあがったら捕まえようと、橋の下流の両岸をかけ下った。

しかしそのかいもなく、マルティン・パスはついにあらわれなかった。

3

アンドレ・セルタは、サミュエルの家のなかに迎えられて、大急ぎで整えられたベッドの上に横になったが、意識を回復して、老ユダヤ人の手を握った。召使の一人によって急を知らされた医者は、すぐ駆けつけた。傷は、たいしたこともないようだった。混血人の肩は、ただ刃が肉のあいだに滑って喰い入った程度の傷なのだ。数日後には、アンドレ・セルタは、立ち上がれるはずだった。

アンドレ・セルタは、サミュエルと二人きりになったとき、こう言った。

「サミュエル殿、お宅のテラスに通じる戸は、釘づけにしておいてくださいよ」

「なにが心配なんですかね?」と、ユダヤ人はたずねた。

「サラが、インディアンどもの色目にこたえるのがね! わたしに打ってかかったのは盗人じゃない、恋がたきなんです。さいわい、難は免れましたがね!」

「へえ! そりゃ、あなたの間違いです!」と、ユダヤ人は叫んだ。「サラは、そんな女じゃない。わたしとしても、あの娘があなたに忠実であるように、万全を尽くしますよ」

アンドレ・セルタは、肘の上にからだを起こした。

「サミュエル殿、あなたは、はなはだ重大なことをお忘れになっているようだが、サラをめとるについては、あなたに一〇万ピアストル支払うんですぞ」

「いや、アンドレ・セルタ」と、ユダヤ人は、貪欲な冷笑を浮かべて、それに答えた。「わしは、いい音を立ててくれる金貨と引き換えに、この領収書をお渡ししようと用意していることを、けっして忘れはしませんとも」

こう言いながらサミュエルは、紙入れから一通の書類を抜きだしたが、アンドレ・セルタは手でそれを押しもどした。

「サラがわたしの女にならないかぎり、われわれのあいだに取引は存在しない。あんな男を相手にしては、まああの女はわたしのものにはなるまいよ。サミュエル殿、あなたは、わたしの目的がどこにあるか、ごぞんじだと思うが。わたしはね、サラと結婚することによって、かねがねわたしを軽蔑している貴族という貴族どもに対して、比肩し得るようになるのが望みなんです」

「あなたは、できますとも。もちろん、結婚なさってしまえば、高慢ちきなスペイン人どもでさえ、先を争ってあなたのサロンに集まりますよ」

「今夜、サラは、どこにいるのですか?」

「ユダヤ教の寺院に行っています、老婆のアモンと一緒に」「サラを、あなたがたの宗教儀式に従わさせたところで、なんにもならないじゃありませんか?」

「わたしはユダヤ人です」と、サミュエルは答えた。「サラは、わたしの娘であるわけでしょう。もしあの娘が、わたしの宗教のお務めを守らなかったとしたら、どうなるでしょう?」

ユダヤ人サミュエルは、いやしむべき男だった。なんでもかまわず、至るところで取引をする、まったくもって、三〇文でその師を売ったユダの直系の後裔ともいうべき男だった。リマに家をかまえてから、一〇年になる。好みと計算の関係で、その家は、サン＝ラザロの村はずれに選ばれた。そしてそのときからしてすでに、疑わしい投機的な仕事に虎視たんたんとしはじめていた。そしてしだいに、彼はぜいたくな生活を誇示しはじめた。家は豪奢に飾られ、莫大な収入によって多くの召使を雇い入れ、供回りを美々しくしたのである。

サミュエルがリマに住まうようになったとき、サラは八歳だった。その年ですでに美しく、愛敬があり、みんなの人気者で、ユダヤ人も鍾愛《しょうあい》しているようにみえた。それから数年後には、彼女の美貌は、ありとあらゆる人の目をひくようになった。そのうち、アンドレ・セルタが、このユダヤ人の娘に夢中になっているという噂がひろまった。ここでわけのわからないことは、サラをもらうについての一〇万ピアストルの支度金である。しかしこの取引は、あくまでも秘密のことであったし、それにサミュエルという男が、まるで土地の商品同様に、感情を取引することができたからであった。銀行家、金貨、商人、船主、いずれの資格においても、彼は手びろく取引する才能をもっていた。今夜、リマックの河口に着岸地を求めていたスクーナー船〈御告丸〉は、ユダヤ人サミュエルの船だった。

このように商取引に多忙をきわめているにもかかわらず、この男は、長年にわたる執心から、自分の宗教上の儀式についてはすこぶる熱心であり、娘に対しても、ユダヤ教の勤行をしいていたのである。

それゆえに、この会話において、混血人が宗教に関してあきらかに不快を表明しているのに、老人はじっと押しだまり、考えこんでいたのだった。先に沈黙を破ったのは、アンドレ・セルタであった。

「わたしがサラと結婚する場合の約束に、あれをカトリックに改宗させるということがあったのを、忘れたのですか?」

「あんたの言うのは、もっともだ」と、サミュエルは、寂しそうに答えた。「しかし、聖書に従えば、サラは、わたしの娘であるあいだは、ユダヤ人であるからね!」

そのとき、部屋の戸が開いて、支配人が入ってきた。

「加害者は、捕まったかね?」と、サミュエルがたずねた。

「たしかに死んだと、わたしたちは考えていますが!」と支配人は答えた。

「死んだと!」いかにも喜ばしそうに、アンドレ・セルタが答えた。

「われわれと、一隊の兵隊に挟まれて、二進《にっち》も三進《さっち》もいかなくなり、やつは橋の欄干からリマック川に飛びこんだんです」

「しかし、岸に泳ぎつかなかったと、誰が証明するかね?」

「雪どけの水で、あそこは流れが急になっているんです」と、支配人は答えた。「それに、われわれは両岸にがんばっていましたが、ついに逃亡者は姿を見せなかったのです。

で、一晩中、リマックの河岸を見張っているように、監視を残してきました」

「それはよかった。やつは、自分で裁きをつけたんだ！　おまえは、追いかけてゆく途中、その男をたしかめてみたかね？」

「もちろんですとも。マルティン・パスです、山のインディアンの」

「あの男は、ずっと前から、サラに惚れこんでいたのかね？」と、ユダヤ人はたずねた。

「さあ、そこまでは知りませんがね」と、支配人は答えた。

「アモン婆さんを、よこしなさい」

支配人は、ひっこんだ。

「インディアンたちのあいだには、秘密結社があるんだ。あの男が、ずっと前から娘を思っていたかどうかを知りたいんでね」

老婆が入ってきて、主人の前につっ立った。サミュエルは、たずねた。

「娘は、今夜のことを、なにも知らないのかね？」

「どうでしょうか？　ですけれど、従僕たちの叫び声で、わたくしは目が覚めましたので、急いでお嬢さんのお部屋へ駆けつけたのです。お嬢さんは、ほとんど身動き一つなさいませんでした」

「それで?」とサミュエルは言った。

「この事件の原因について、わたくしは急いでおききしましたのに、お嬢さんは、お返事なさろうとせず、わたくしがお手伝いしようと申すのもことわられて、床にお就きになりました。わたくしは、引きさがらないわけにはいかなかったのです」

「あのインディアンと、娘はときどき道で出会ったことがあるかね?」

「よくぞんじません! けれども、わたしはよくあの男に、サン=ラザロの町通りで会ったことがあります。そう、今夜なんかも、プラサ=マヨールの通りで、お嬢さんのあぶないところを救ってくれたのです」

「あぶないところを救ったんだって! どんなふうに?」

老婆は、その場に起こったことを物語った。

「なんだって! 娘が、キリスト教の仲間に入って、ひざまずこうとしたんだって!」ユダヤ人は、怒って叫んだ。「わしには、ぜんぜん、考えられないことだ! おまえは、わしのところから叩きだされたいのかい?」

「ご主人さま、どうぞお許しなさって！」

「あっちへ行け！」

老人は、きつい声で言った。老婆は、すっかりどぎまぎして出ていった。

アンドレ・セルタが言った。

「だから、われわれが早急に結婚しなけりゃならないってことが、よくわかったでしょう！ところで、現在わたしは、休息が必要なんだ。どうか、わたしを一人にしといてくれたまえ」

この言葉に、老人はゆっくりと出ていった。ところが彼は、自分のベッドに入る前に、娘の様子をたしかめてみたいと思い、そっと娘の部屋に入っていった。サラは、豪奢な絹の掛蒲団にくるまって、不安な眠りのなかにあった。唐草模様の天井にさがっている雪花石膏の豆ランプが、やわらかな光を投げ、なかば開かれた窓からは、ひき下げられた日除けごしに、アロエと木蓮の花の匂いの沁みた新鮮な大気が、送りこまれていた。部屋に趣味よくつくりつけられた飾り棚のいろとりどりの工芸品のなかに、植民地の贅沢さが溢れていた。夜のほのかな光に包まれて、若い娘の魂は、これらのみごとな装飾とたわむれているかのようだった。

老人はサラのベッドに近づいて、その眠りをたしかめるように、身をかがめた。ユダヤ人の娘は、いたましい思いに悩んでいるようで、一度、マルティン・パスの名前が、その唇から洩れた。

サミュエルは、自分の部屋に戻った。

太陽の最初の光に、サラは大急ぎで起き上がった。身のまわりの世話をしているリベルタという褐色の肌をしたインディアンが、かけつけた。彼女の命令で、女主人にはラバを、そして自分は馬に鞍を置いた。

サラは、この自分にあくまでも忠実な従僕をしたがえて、朝の散歩をするのが習わしであった。

サラは褐色のスカートをはき、大きな房のついたカシミヤのマントをはおって、幅の広い麦藁帽子をかぶっていた。そして彼女は、その編んだ黒い長い髪を背中に垂らし、意中の気がかりを押し隠すために、唇のあいだに、匂いのいいシガレットをはさんでいた。

馬上の人となると、彼女は町から出て、カロをめざして、野原を駆けだしはじめた。町の入口は、たいへんな雑沓をみせていた。スクーナー船〈御告丸〉が、密輸入の嫌疑のかかるような疑わしい操縦をしはじめたので、沿岸警備兵と一晩じゅう戦わねばならなかったからである。〈御告丸〉は、リマックの河口のほうから、何隻かの小舟がやってくるのを、待ち受けているようだった。しかしそれらの小舟が近づいてくるより早く、スクーナー船は港内のランチ船の追跡から遁れて、逃走してしまったのである。

いろいろな噂が、このスクーナー船の運命については流されていた。そのあるものによると、スクーナー船にはコロンビアの軍隊が乗船していて、カラオの主要建築物を占拠しようと試み、かつて不名誉にもペルーから追っぱらわれたボリヴァール軍の受けた侮辱を、そそごうとしているのだというのである。

もう一つの説によれば、このスクーナー船は、たんにヨーロッパの羊毛の密輸入にあたっているのだというのである。

サラは、港へ散策するというのは口実にすぎないのであって、いくらかはいずれも真実であるこのような風評をすこしも気にかけずに、リマにふたたびもどり、リマックの河岸近くに達した。

彼女は、河を橋までさかのぼった。そこには、兵隊や混血人どもが、河川の要所要所に配備されていた。

リベルタは彼女に、その夜の出来事を語って聞かせた。彼は、若い娘の命令により、欄干から下を見ている数人の兵隊に向かって質問した結果、マルティン・パスは溺れて死んだのでもなく、その死体が発見されたわけでもないのを知ったのである。

気が遠くなりそうだったサラは、悲しみにおちいらないために、精神力をふるい起こしたのである。

河岸をあちこち歩いている人びとのなかに、彼女は、どうもうな顔をした一人のインディアンを見いだした。それは父親のル・サンボであり、悲嘆にくれている様子だった。

この年とった山の人のそばを通ったとき、サラは、このような言葉を聞いたのである。

「ああ、なんということだ！　やつらはル・サンボの息子を、おれの息子を殺しやがった！」

若い娘は立ち上がると、リベルタについてくるように合図をした。そうしてこんどは認められることをいっこう意に介さずに、サン＝タンヌの教会へ赴き、乗り物はインディアンにあずけたままで、そのカトリックの寺院に入り、ジョアキム神父に面会を求めて、石畳の上にひざまずき、マルティン・パスの魂のために、神に祈りをささげたのである。

4

マルティン・パスが、リマック川に溺れ死んだとは、とんでもない話だった。彼はその驚くべき体力により、その超人的な精神力により、わけても新世界の自由インディアンの特権の一つである沈着さによって、あやうい死をまぬがれたのである。

マルティン・パスは、兵隊たちが橋の上に自分をひきずりあげようとしてあらゆる努力をつくしているのを知った。そこはまた、流れが急で、どうにもならなかった。しかし彼は強く抜手を切って川をさかのぼりはじめた。そして川底の流れが抵抗が少ないのを見てとったとき、彼は岸辺に泳ぎつき、マングローヴの茂みのなかに身をひそめたのである。

しかし、どうしたらいいだろうか？　兵士たちが考え直して、川の上流へやってくることも、ありうることだった。そうすれば、捕えられるおそれが、たぶんにあった。彼の決心が急速に決まった。彼は町へもどって、身を隠すことに意を決めたのである。

そこらにうろついている土地の者を避けるために、マルティン・パスは、大通りの一つを通っていくことにした。それでも彼は、誰かに狙われているような気がしてならなかった。ぐずぐずしてはいられなかった。まだあかあかとあかりのついている一軒の家が目についた。その正門は、スペインの身分の高い貴族たちが、中庭から出ていったり、ご帰館になる馬車が通れるように、大きく開かれていた。

マルティン・パスは、見られないようにして、この建物のなかにそっと入った。門は、彼が入るとほとんど同時に閉った。彼はすぐと、豪華な敷物を敷きつめた西洋杉のりっぱな階段を駆け上がった。サロンは、まだあかりがついていたが、人っ子一人いなかった。彼は電光のようにすばやくそこを通って、暗い一室に身を隠した。

まもなく最後の灯が消されて、家中が静かになった。

そのときになってマルティン・パスは、自分の居場所をはじめてたしかめだした。部屋の窓は、中庭に向って開かれていた。そこで、逃げだそうとすれば、できそうだった。彼は、身をひるがえして、飛びだそうとした。そのとき彼は、次のような声を開いたのである。

「どろぼう紳士、きみは、テーブルの上に置き忘れたダイヤモンドを盗むのを、どうやら忘れたようだね！」

マルティン・パスは、振りかえってみた。そこには、人品いやしからざる一人の男が、指で宝石をさし示していた。

このような侮辱を受けたマルティン・パスは、その落ち着きはらったスペイン人のほうへつかつかと歩み寄り、短刀を抜いて、自分のからだにぴったりとつけた。そして彼は、低い声で言った。

「ご主人、もしあなたがもう一度そのようなことをおっしゃったら、わたしは、あなたの足下に、わが身を刺して倒れるでしょうよ！」

びっくりしたスペイン人は、しげしげとその男を見つめた。一種の共感が、彼の身内を走った。彼は窓のほうへ行って、静かにそれを閉めた。そして、インディアンのところへもどった。その男の手からは、そのときすでに、短刀が床に落ちていたのである。

「おまえは何者だ?」と、スペイン人がたずねた。

「インディアンのマルティン・パス……わたしは、一人の混血人から身を守ろうとして、その男を短刀で倒したために、兵隊から追われているのです！　その混血人というのは、わたしが好きな娘の婚約者なのです！　ところでご主人、もしあなたがそうしたいんでしたら、どうぞわたしを、敵の手にお渡しになってても結構ですよ！」

「どうだい、きみ」と、スペイン人は、ぶっきらぼうに言った。「明日わたしは、チョリロスの海岸に出発するんだ。よかったら、一緒に行かないか、そうすれば、すこしのあいだでも身を隠すことができるし、きみは、ヴェガル侯の親切に対して、すこしも不服をならべる必要がないと思うのだが！」

マルティン・パスは冷静に一礼した。

ヴェガル侯は、ふたたび言った。

「おまえは、明日まで、このベッドで休息するがいい。誰も、おまえがここに隠れているなどと、疑う者はないだろうよ」

スペイン人は、部屋から出ていった。あとに取り残されたインディアンは、このような大きな信頼を受けたので、感動しきっていた。で彼は、侯爵の保護にすっかり安心して、静かに眠りについたのである。

翌朝、陽がさしはじめると、侯爵は、出発のための最後の命令をくだし、ユダヤ人サミュエルに、自宅にくるようにとことづてさせて、朝の最初のミサにでかけた。

それは、ペルーの貴族たちに、一般に守られている日課であった。その創設以来、リマは根本的にカトリック教だった。数多くの教会のほかに、一二一の僧院と、一七の修道院と、修道の誓いを立てない婦人たちのための四つの修業所があった。これらの建物には、いずれも特別の礼拝堂があり、じじつリマには一〇〇以上も礼拝堂のある家があって、そこには八〇〇人もの正規の修道士や、修道院の戒律に従わぬ修道士、三〇〇人もの尼僧、その他宗門外の修道会院や修道女が、宗教儀式をいとなんでいた。

サン＝タンヌ寺院に入ったドン・ヴェガルは、一人の娘がひざまずいて、涙にくれながら祈っているのに、まず気づいた。彼女は、よほど深い心の悩みがあるらしく、その姿を見て、侯爵は強く打たれた。で、彼は、なにか親切な言葉を彼女にかけようとしていたとき、ジョアキム神父があらわれて、小声で言った。

「ヴェガル殿、どうかお願いですから、近寄らないでくださいまし！」

それから、神父はサラに目配せすると、サラは神父について暗くて人気のない礼拝堂へと入って行った。

ドン・ヴェガルは、祭壇のほうに行き、ミサを聞いた。それから帰途についたのだが、あの若い娘の姿が強く心にきざみつけられて、いつとはなしに彼女のことを考えていた。

来るようにと言われたので、ユダヤ人のサミュエルは、客間でドン・ヴェガルを待っていた。サミュエルは、その夜の出来事など忘れているようだった。もうけ仕事にありつけるというので、彼の顔は、生きいきと輝いていた。

「殿さま、なにかご用でも?」と、ユダヤ人はたずねた。

「一時間のうちに、三万ピアストル必要なんだが」

「三万ピアストルですって!……そんな大金など、いったい誰がもっていますかね?……閣下、そんな大金を見つけるのがどんなにむずかしいか、ご想像もつきますまい!」

「ここに、そうとう値打のするダイヤモンドの宝石箱がある」と、ドン・ヴェガルは、ユダヤ人の言葉を聞き流して、言いつづけた。「そのほか、キュスコの近くに広い土地があるから、それをやすく売ろう……」

「ああ、閣下!」と、サミュエルは叫んだ。「土地は、わたくしどもを破産させてしまいます! わたしどもには、土地を耕しようにも手がありません。インディアンどもは山に入ってしまいましたからね。なにしろ畑仕事は、その割に収入にならないもんで!」

「このダイヤは、どのくらいになるかね?」と、侯爵がたずねた。

サミュエルはポケットから、小さな手ばかりを取りだして、入念に宝石をはかりはじめた。はかりながら彼は、習慣から、提供されている売り物を値切るために、こんなふうに話した。

「ダイヤモンドか!……むだな金づかいでさ!……こんなものが何になります?……掃きだめへ金を捨てるようなもんです! ごらんください、この玉の透明度は、あんまりよくない……こういう高価な装飾品が、右から左へぞうさなく売れるとは考えないでしょうな? こういう品は、合衆国の田舎にまでも持ちまわらなくちゃ! たぶん、アメリカ人が買ってくれるでしょう、しかし、イギリス人の息子たちに譲るのにはね。やつらは最初から、これはまあ当然なことですが、どえらいコミッションをとるんです。それがみんなわたしにかかってきますからな……いかがでしょう、殿さま、一万ピアストルでは!……おそらく少ないとおっしゃるでしょうが、しかし……」

「一万ピアストルで、わたしが満足しないなどと、いつ言ったかね?」と、スペイン人は、軽蔑しきった様子で言い返した。

「殿さま、それ以上は、びた一文も出せませんもので！」

「このダイヤをもって行け。そして、金をすぐ用意しておいてくれ。わたしは、三万ピアストルどうしても必要なんだから、この家を抵当にして貸してくれ。この家は、しっかりできてるだろう?」

「なんですって、閣下！　地震の多いこの土地の家なんか！　じっさい、生きてるか、死んでるかわかりゃしません。立っているのか、倒れてるのかも、わからんくらいです！」

しかし、こう言いながらもサミュエルは、床のしっかりしている具合をみるために、なんども踵で、床をためしてみた。

「わたしは、殿さまのおっしゃるとおりにいたしましょう、現在わたくしは、それほど大金をもってはおりませんけれども。なにしろ、アンドレ・セルタ殿に、娘を嫁がせねばなりませんので……殿さまは、あの男をごぞんじで?」

「わたしは、知らないね。どうか、決めた額をすぐ送ってくれるように頼む。この宝石は持っていってくれ！」

「書付は、おいりようですか?」と、ユダヤ人がたずねた。

ドン・ヴェガルは、それに答えず、隣室に立ち去った。

「傲慢なスペイン人め!」と、サミュエルは、口の中でつぶやいた。「おれは、おまえさんの財産を蕩尽させ、高慢ちきな鼻をへし折ってくれるわ! ソロモンに誓って! わしはな、抜け目のない者だからな、わしの利息は、わしの感情と匹敵するぞ!」

ユダヤ人のそばを離れたドン・ヴェガルは、打ちしおれているマルティン・パスを見いだしたのである。

「どうしたんだね?」と、侯爵は情愛のこもった声でたずねた。

「殿さま、わたくしが愛しているのは、あのユダヤ人の娘なんですよ!」

「ユダヤ人の娘か!」ドン・ヴェガルは、反感を抑えきれずに、こう言った。

しかし、インディアンの悲しそうな様子に打たれて、こうつけ加えた。

「さあ行こう。そしてそういったことなど、いろいろと語り合おう!」

それから一時間後にマルティン・パスは、他人の服に着替えて、ドン・ヴェガルに連れられ、町を出た。侯爵は、彼のほかには、誰も連れていかなかった。

チョリロス海水浴場は、リマから八キロばかりのところにあった。このインディアンの教区には、美しい教会があった。夏になると、ここにはリマの上流社会の者が集まった。リマでは禁じられていた賭博が、夏のあいだじゅう、チョリロスで開かれるのである。そこでは夫人たちが、想像に絶した情熱をひけらかした。そしてそれらの美しい相手の手前、気負いたった富める騎士たちが、数夜のうちに財産をつかい果たすという例が少なくなかった。

チョリロスは、それほどまだ人が多くはなかった。それゆえドン・ヴェガルとマルティン・パスとは、海浜に建てられたしょうしゃな小別荘に閉じこもって、太平洋の広い海原を眺めながら、静かな日を送ることができた。

ドン・ヴェガル侯は、ペルーのスペイン貴族の由緒ある家柄の一人であったが、その誇り高き血統は、彼一代で絶えるのだった。それゆえ彼の顔には、ふかい悲しみのしわが刻まれていた。彼はしばらくのあいだ政治に関与していたが、個人的な野望のために絶えず繰りかえされる革命にすっかり嫌気がさして、たんなる礼儀上の義理つき合いのほかには、まったく孤独な生活に甘んじていた。

彼の莫大な財産は、日一日となくなっていった。領地は働き手がなくなったために、荒れ放題に荒れ、利息の高い借金がふえるばかりだった。しかし、やがて近いうちに破局がやってくるとは知りながら、彼はすこしも恐れなかった。スペイン人に特有の太っ腹と、希望のない日々の生活の倦怠感とが結びついて、未来の生活不安に対して、彼を無感覚にさせたのである。かつては熱愛していた妻があり、かわいらしい、きれいな娘があったのに、恐ろしい悲劇的な事故によって、その二人の愛の対象を奪われたのだった！　そのときから、この世における愛のきずなを失った彼は、成り行きにまかせて毎日を送っていたのである。

このようにしてドン・ヴェガルは、自分の心が死んだものとばかり思っていたのに、ここにマルティン・パスに出会って、また新しく、なにか心臓の高鳴るのを感じたのである。彼の激しい気性が、消え失せた灰に火をつけたのだ。インディアンの堂々たる態度が、騎士ふうのスペイン貴族の気に入ったのである。スペイン貴族というものに愛想づかしをし、信頼を失っている侯爵は、同時にそのスペイン貴族の列に加わろうとしているエゴイストな混血人なるものにも嫌気がさして、このアメリカの土地を、勇敢にもピサロの兵隊たちと争ったその原始的な人種に、強くひきつけられたのだった。

侯爵が耳にしたところによると、リマではこのインディアンは、死んだものと信じられていた。しかしドン・ヴェガルは、マルティン・パスのユダヤ娘に対する恋慕をみて、それは死よりもはるかに悪いことだと思い、娘をアンドル・セルタと結婚させることによって、二重にこのインディアンを救いえることだと決意したわけである。

それゆえマルティン・パスが、かぎりない悲嘆にくれているのに対し、侯爵は話題が過去に及ぶことを避けて、若いインディアンをぜんぜん別の話にひき入れたがるのだった。

ところがある日のことドン・ヴェガルは、あまりにこのインディアンがつきつめて考えているので、つい悲しくなってしまった。

「どうしておまえは、そんないやしい感情によって、もっているりっぱな尊いものを冒瀆するようなことをするのか？　おまえは、あの愛国主義により勇士に列せられている勇敢なマンコ＝カパックを先祖にもっている身ではないか？　そのような愚かしい情熱に打ちのめされていないで、男としてもっとやりがいのある仕事があろうに！　そのうちいつか独立をとりもどそうという決意を、なぜもたないのだろうか？」

「われわれは、そのように努力しているのです」と、インディアンは答えた。「われわれの兄弟が一団となって立ち上がる日は、そう遠くはないでしょう」

「わかった！　それは、おまえの兄弟たちが山のなかで準備している闇打ちのことだろう！　合図ひとつで、彼らは武器を手にして、山から降りてくる……そうしていままでもそうであったように、打ち負かされる！　ペルーを舞台にしてくりひろげられるあの絶えざる革命、混血人をふとらせて、インディアンとスペイン人を滅亡させる革命のなかにあって、おまえたちの利害関係がどんなに影のうすいものであるか、わかるだろう！」

「われわれは、自分たちの国を救うんです！」と、マルティン・パスは叫んだ。

「そう、救うかもしれんね、ただし、自分たちの役割を自覚したならばね！」と、ドン・ヴェガルは答えた。「まあ、聞きなさいよ。わたしはおまえを、息子のような気で愛してるんだ！　だからわたしは、このことを悲痛な気持で言ってるんだ。いいかね、わたしたちスペイン人、退化した強力な民族の子孫たちは、一国家を興隆させるに必要なエネルギーを、もはやもってはいないのだ。それゆえ、あの不幸なアメリカニズムに打ち勝つには、おまえたちを必要としているんだ。アメリカニズムは、すべての外国人の植民地を排斥するんだ！　わかるかね！　古いペルー帝国を救うことができるのは、ヨーロッパの他国からの移民によるしかないのだ。おまえが準備している内戦は、ただひとつだけは例外にして、あらゆる特権階級を排除しようとしているが、そうしないで、旧世界の働く人たちにも手をさし伸べたらどうかな！」

「インディアンたちは、それが何国人だろうが、外国人はすべて敵なんです。彼らは、自分たちの山の空気が、ただいたずらに吸われていることだけで我慢しちゃいません。わたしが彼らの上に支配を及ぼしているといっても、わたしが彼らの圧制者の死を誓わなくなったら、その日から効果はなくなるでしょうよ。――それに、今のわたしが、なんだと言うのです？」そうマルティン・パスは、大きな悲しみをもって言った。「リマの町へ行ったら、三時間と生きちゃいられないお尋ね者なんです！」

「リマの町へは帰らないと、約束してくれなくては困る……」

「へえ！　そんな約束がわたしにできますか？　自分の思うことが言えないなんて！」

ドン・ヴェガルは、押しだまってしまった。若いインディアンの情熱は、日一日と増していった。侯爵は、リマに行けば、必ず死が待っているとわかっていて、なお行こうとする彼が心配だった。……で、侯爵は、全力をつくして、ユダヤ娘の結婚を急がせようと欲した！

侯爵は、自分の目で事実をたしかめたいと思い、ある朝のこと、チョリロスを出て、町へやってきた。町で彼は、アンドレ・セルタの傷がなおり、歩けるようになって、近々行なわれる結婚話が、人びとの口の端にのぼっていることを知ったのである。

ドン・ヴェガルは、マルティン・パスが愛しているその娘を、よく知っておきたいと思った。そこである晩、あいかわらず人出で賑わっているプラサ・マヨールへ行ってみた。そこで彼は、年来の友人であるジョアキム神父に出会ったのである。ドン＝ヴェガルから、マルティン・パスが生存していることを知ったジョアキム神父の驚きはどんなであったろう！　神父はすぐと、若いインディアンの身の上を案じ、彼が関心を抱いているニュースを侯爵に伝えることを約した。

とつぜんドン・ヴェガルの視線は、黒いマントに身を包んで、四輪馬車の奥に腰かけている若い女にひきつけられた。

「あのきれいな女の人は何者だね？」と、彼はジョアキムにたずねた。

「ユダヤ人サミュエルの娘で、アンドレ・セルタの婚約者ですよ」

「あの娘が！　ユダヤ人の娘だって！」

侯爵は、驚きをかろうじて押えた。そしてジョアキム神父の手を握ると、チョリロスへの道をたどって行った。

彼がどうして驚いたかというと、彼はそのユダヤ人の娘が、あのいつかサン＝タンヌの寺院でお祈りしていた娘であるのに気づいたからだった。

5

サンタ・クルス将軍の命令で、ボリヴァールの手で踊らされたコロンビアの軍隊がペルーから追い払われて以来、軍人の反乱でしじゅう動揺しているこの国は、いくらかの平静さをとりもどしたようだった。事実、個人的な野望があらわれるようなこともなく、大統領ガンバラはプラサ・マヨールの宮殿内におさまっているようだった。この方面では、なにも心配はなかった。しかし、押し迫ったほんとうの危険は、ぱっと燃え立ち、同時にすぐに消え去ってしまうそのような反乱からは来なかった。そうした反乱は、軍隊の誇示という点で、アメリカ人の好みに合っているように見えたが。

ところでこの危険は、あまりに社会の上層部にいるために、スペイン人の目には見えなかったし、自分より下のほうはけっして見ようとしなかった混血人の注意もまぬがれていた。

しかしながら、町のインディアンのあいだにも不穏な動きがあって、それがよく山の住民たちと合流した。これらの人たちが、町のインディアンの生来の無頓着さを揺り動かすらしかった。彼らはスペイン・マントにくるまっているのをやめて、ひなたに足をさらし、野原に散った。そして互いに立ち止まると、特別の合図で仲間であることを認め合い、あまり人のいない旅館を襲って、難なくそれを占拠した。

このような行動は、主として町から離れた場所で見受けられた。そのような広場の一角に、一階づくりの、そのみすぼらしい外まわりが道行く人の目をひいていた一軒の家が建っていた。

それは、一人のインディアンの老婆が経営していた昔ふうの居酒屋で、最下層の客を相手に、とうもろこしのビールや、砂糖きびでつくった飲み物を売っていた。

このインディアンの集合は、長い一本の竿がその宿屋の屋上に立つと、それが合図になって行なわれた。そのときは、すべての職業の土着人たち、列車の運転士、ラバひき、車ひきが、一人ずつ入ってきて、すぐと大広間のなかにちりぢりになった。女主人は、ひどく忙しそうで、店のほうは召使の女にまかせ、彼女自身はなじみの客のあいだを駆けまわっていた。

マルティン・パスの姿が見えなくなってから数日間は、宿屋の広間に何回も人が集まった。煙草のけむりで曇った暗闇のなかに、やっとのことで、居酒屋の常連の顔を見わけることができた。五〇人ほどのインディアンが、細長いテーブルをかこんで並んでいた。ある者は匂いのする小さな土くれのまじっている茶の葉を噛み、ある者は大きなコップで、とうもろこしのビールをぐいぐいやっていた。しかし彼らは、こういうもので気ばらしをしているわけではないので、一人のインディアンの言葉を、じっと聞いていたのだ。

それはル・サンボであって、その視線は異様に坐っていた。

聴衆を一人一人見わたしたのち、ル・サンボはふたたび口をひらいた。

「太陽の息子たちは、自分らのことを大いに談じたらいい。人の言葉がわからぬほどの、信用のできない耳でもあるまい。広場には、仲間の者が五、六人、町の艶歌師に身をやつして、通行人をまわりに集めている。だからわれわれは、思いきり自由にふるまったらいい」

事実、マンドリンの音が、外でした。

旅宿のインディアンたちは安全だと知ったので、ル・サンボの言葉に注意を集中して、耳を傾けた。彼らはル・サンボを、信頼しきっていたのだ。

「ル・サンボ！　マルティン・パスの消息は、その後わかったかね？」と、一人のインディアンがたずねた。

「いや、なにもない。死んだか、それとも生きてるか？　それは、神のみが存じたもうたことだ。わたしは、河口まで川を下っていった兄弟たちを待っているんだ。たぶん、死体が見つかったと思うんだが！」

「りっぱな頭目だった！」と、がっちりしたからだのどうもうなインディアン、マナンガニが言った。「だが、なんでスクーナー船が武器をもってきた日に、持ち場につかなかったのだろう？」

ル・サンボは答えずに、頭を下げた。マナンガニが、ふたたび言った。

「兄弟たちよ、おまえたちは、〈御告丸〉と沿岸警備船のあいだに銃火が交えられたことを知らないかね？　船が拿捕されれば、われわれの計画を失敗させてしまっただろう」

同意の呟きが、インディアンの言葉に賛意を示した。

「裁きの日を待ち受けているわが兄弟の願いは、受け入れられるであろう！」と、ル・サンボが言った。「息子のマルティン・パスが数日のうちに姿をあらわすかどうかは、誰にもわかりゃしない！……まあ聞いてくれ。セチュラから送ってきた武器が、自由に使えるんだ。それらは、コルディレールの山のなかに隠されてある。そして、諸君が義務を果たす用意が万端ととのえられたとき、使用されるのを待っているんだ！」

「なぜ、遅らせているんだ？」と、若いインディアンが叫んだ。「われわれが、短刀を磨いて待っているというのに！」

「いいから、時が来るまで待ちたまえ」と、ル・サンボが答えた。「諸君は、まずどの敵の腕に対して打ちかかるか、ごぞんじかな？」

「われわれを奴隷扱いにしている混血人にだ」と、一人が叫んだ。「まるでわれわれを暴れラバを扱うように、手や鞭で打ちまくる傲慢なやつらをだ！」

「そうじゃない。まず地上の富を強奪しているやつらだ！」と、もう一人が叫んだ。

「みんな間違っている。われわれの第一撃は、別のほうに向けられるべきだ！」と、ル・サンボは調子づいて言った。「いま言った連中は、三〇〇年前に、諸君の先祖の土地を、足下に踏みにじった者たちではない。金持連中は、マンコ＝カパックの息子たちを、墓場のなかにひきずりこんだ者たちではない。そうだ！　あの高慢ちきなスペイン人どもなんだ！　諸君を奴隷化したほんとうの征服者どもなんだ！　たとえ、やつらは富を所有しないとしても、権力をもっている。ペルーの解放と称して、やつらはわれわれの自然の権力をじゅうりんしたんだ！　諸君よ、現在のわれわれの姿をしばらく忘れて、かつての祖父の在りし姿を思い出したまえ！」

「そうだ！　そうだ！」と、一同は足を踏み鳴らして叫んだ。

しばらく沈黙したのち、ル・サンボは反徒のそれぞれの一団をたずねてみて、キュスコの仲間も、ボリヴィ全員も、ただ一人のように結束して打って出る用意のあることを知った。

そこで彼は、一段と声を高めて言った。

「マナンガニよ、山のわれわれの兄弟たちが、わが勇敢なるなんじと等しい憎しみを心に抱き、なんじと等しい勇気をもつならば、コルディレールの山頂から雪崩のように、リマの町にどっと押し寄せるであろうな！」

「ル・サンボよ、その日における彼らの働きぶりを、嘆くようなことは、まずあるまい。きみが町から一歩出たとき、いまだいくばくも行かぬうちに、きみは復讐に燃えるインディアンの群にとりかこまれるだろう！　サン＝クリストヴァルや、アマンカエスの隘路では、一人として、スペイン・マントにぬけぬけと身を包んでいる者には出会うまい。いずれも腰に短刀を帯び、銃が手に渡るのを待ち受けているだろう！ 彼らもまた、マンコ＝カパックが敗れたことで、スペイン人に一矢むくいることを、けっして忘れやしない」

「すばらしいぞ、マナンガニ！ 憎しみの神がおまえの口を借りて、そう言わすのだ！ われわれの兄弟はまもなく、頭目たちが選ぶであろう人を知るだろうよ。大統領ガンバラは、権力を固めることしか考えていない。ボリヴァールは遠くへやられ、サンタ・クルスは追っぱらわれた。われわれはすぐにも蹶起できるんだ。数日間のうちに、アマンカエスの祭りがあって、圧制者たちは快楽に耽るだろう。そのとき、ひとりひとりが前進する準備が出来ていて、知らせがボリヴィの遠く離れた村にまで達するようにするんだ！」

ル・サンボがこう言ったとき、三人のインディアンが、この大広間に入ってきた。ル・サンボは、つかつかと、彼らのほうへ行って、問いかけた。

「どうだったね？」

「マルティン・パスの死体は、とうとう見つからない。ずいぶん川のなかを、上手な潜水夫が入念にさがしまわったんです。しかしル・サンボの息子は、リマックの川のなかで死んだんじゃないんじゃないかね」と、一人のインディアンが答えた。

「では、やつらに殺されたのか！　どうしたんだ？　ああ！　もしやつらが殺したというなら、思いしらしてやる！　諸君、だまって別々にわかれよう。そして、じっと注視して、待つんだ！」

インディアンたちは外へ出て、ちりぢりになった。ル・サンボは、マナンガニと二人だけあとに残った。マナンガニが言った。

「ル・サンボともあろうものが、あの晩、サン＝ラザロの街で、息子がどういう考えでいたか、知らぬわけはあるまい？　ル・サンボ、あんたは息子を信じているかね？」

そう言われて、インディアンの目が、きらりと光った。マナンガニはたじろいだ。

しかし屈しなかった。

「もしもマルティン・パスが兄弟たちを裏切るようなことがあったらば、おれはまず彼と親交のあった男と、彼が愛していた女を殺し、それから彼自身を殺す。そのあとで、わたし自身自決する。太陽の下に、不名誉な人種を残したくないからね！」

そのとき、女主人が部屋の扉を開いてあらわれ、ル・サンボのほうに進んでいって、彼に宛てられた手紙を手渡した。

「誰だね、こんなものを寄こしたのは?」と、ル・サンボが言った。女主人は答えた。

「それが、わからないのです。この紙片は、飲みにきた者が、わざと置き忘れていったもののようです。なぜならば、テーブルの上に置いてあったのです」

「ここには、インディアンしか来ないんだろう?」

「そうです、インディアンしか来ません」

女主人は出ていった。ル・サンボは手紙を広げて、大声で読み上げた。

「一人の娘が、マルティン・パスのために、お祈りをした。なぜならば彼女は、自分の命を救ってくれたインディアンのことが、忘れられなかったからだ。もしかしてル・サンボが、息子の消息がわかったり、その居場所がわかりそうだったら、腕に赤いハンケチを巻いてくれ。一つの目が、毎日おまえが通るのを見ているから」

ル・サンボは、手紙をまるめて、言った。

「不幸なやつだ!　女の目につきまとわれているなんて!」

「その女は、何者だね?」と、マナンガニがたずねた。

「インディアンの女じゃないね」と、手紙を眺めながら、ル・サンボは言った。「どこか

の、由緒ある家の娘だね……ああ、マルティン・パス、もうおれはおまえを知らんぞ！」

「その女が、おまえに頼んだことを、してやる気かね？」

「とんでもない。そんな女は、息子をふたたび見る希望なんか捨てたらいい！　そして、くたばってしまえ！」

ル・サンボは、激しくこう言うと、怒りのあまり手紙を破り捨てた。

「手紙を持って来たのは、インディアンなんだな」と、マナンガニが注意をうながした。

「ああ、その男は、われわれの仲間ではあるまい！　やつは、おれがこの居酒屋によく来るのを知っているんだ。だが、もうこの家には二度と足を踏み入れまい。兄弟、おまえは山に帰れ！　おれは町で監視をするとしよう。そして、アマンカエスの祭りが、圧制者にとって喜びの日となるか、被圧政者にとって喜びの日となるか見ようではないか！」

二人のインディアンは、たもとを分った。

はかりごとは立てられ、それを実行に移す時間は定められた。ペルーは、そのときほとんどからっぽで、ごく少数のスペイン人と、混血人がいるばかりだった。ブラジルの森林から、チリの山々から、そしてプラタの平原から馳せ参じるインディアンの数はおびただしい数にのぼり、この反抗の舞台を埋めつくすはずだった。リマ、クスコ、プノ、そういった大きな町がひとたび徹底的に破壊しつくされれば、つい最近ペルー政府から追いはらわれたコロンビアの軍隊が、危殆にひんした彼らの敵を救いにくるなどとは、考えられないことだった。

この社会的変革は、もし秘密がインディアンの胸中にのみとどまり、彼らのあいだで裏切る者さえ出なかったら、たしかに成功したはずだった。

ところがインディアンたちは、一人の男が大統領ガンバラにひそかに会ったことを知らなかったのである。そしてこの男は、スクーナー船〈御告丸〉が、あらゆる種類の武器を、リマックの河口で、インディアンの丸木舟におろそうとしていることを知らせたのである。同時にこの男は、事実を知らせ、ペルー政府に寄与した報酬として、多額を要求したのだった。

ところでこの男は、二重の博奕を打ったのだ。ル・サンボの手先に、相当な価格で自分の持ち船を貸したうえで、大統領に陰謀の秘密を売ったのである。その男は誰あろう、ユダヤ人サミュエルであった。

6

全快したアンドレ・セルタは、マルティン・パスの死を信じ、結婚を急いでいた。けれども彼は、若くて美しいユダヤ娘を連れて、リマの町を歩くことは延ばしていた。

一方サラは、つねに変わらぬ傲慢な無関心ぶりを示していた。しかし彼も、そんなことはなんとも思っていなかった。なぜなら彼は、この娘のことを、一〇万ピアストルだして求めた高価な品物としか考えていなかったからである。

ところで、ここで言っておかねばならぬことは、アンドレ・セルタが、あのユダヤ人を信じなかったことであり、それはまた当然であった。契約が恥ずべきものであったとはいえ、契約当事者はさらに信用できなかった。そこで混血人は、サミュエルと内密の話をしようと思い、ある日のこと彼をチョリロスへ連れだした。それに混血人にしても、結婚式の前に一か八かの勝負をやってみるのも、まんざら悪くなかったからである。

ドン・ヴェガル侯が到着してから数日後に、この海水浴場に賭博場が開帳された。そのころからリマへ通じる道は、ひきも切らず人が往き来した。ある者は徒歩でやってきたのに、帰りは馬車をつらねてもどり、またある者は、財布の底をはたいて帰った。

ドン・ヴェガルとマルティン・パスとは、このような快楽には加わらなかった。それに若いインディアンの不眠症には、もっと高貴な原因があった。

侯爵と一緒に夜の散歩をしたあと、マルティン・パスは自分の部屋に帰り、窓際に肘をついて、長い間物思いに耽った。

ドン・ヴェガルは、教会で祈っているのを見たサミュエルの娘のことが、念頭から離れなかった。しかしそのことはひとり自分の胸に隠して、マルティン・パスには話そうとはしなかった、そのくせ侯爵は、彼をすこしずつキリスト教徒にするために導いていたのだが。というのは、彼の心のなかに、消してやりたいと思っていた情熱の炎が、ふたたび燃えだすのを恐れていたせいもあったからである。追われているインディアンは、サラを得ようとする希望などは捨て去らねばならないのだ。そうすればそのうちに、警察当局は、マルティン・パスが犯した事件など忘れ去ってしまうだろうし、歳月と、それから保護者の力とによって、インディアンはペルー人の社会にもどることができたからである。

しかしマルティン・パスは、失望のあまり、その後ユダヤ人の娘がどうなったか、様子をさぐってみようと決意したのである。彼はスペイン人の服装をしていたので、難なく賭博をしている部屋へ入ることができた。そしてそこで、常連の会話に耳を傾けることができたのである。アンドレ・セルタは有力な人物なので、もしも彼の結婚が間近かければ、当然人びとの話題にのぼるはずだったからだ。

そこである晩のこと、海岸のほうへ足を向けずに、インディアンは高い崖の上に建っているチョリロスの主だった建物へと向かった。そして、幅の広い石段のある家に入っていった。そこが、博奕場のある家だった。その日は、多くのリマ人にとって、さんざんのていだった。前の晩の疲れでへとへとになった男たちが、スペイン・マントにくるまって、床の上によこになっていた。

そのほかの賭博者は、広いみどり色の絨毯の前に、腰かけていた。そこは、二つの線で十文字に、直角に仕切られ、その各々の部分の前には、偶然と運命を意味するAzarとSuerteの頭文字のAとSという文字がしるされてあった。賭をする者は、このAかSのどちらかに賭けた。胴元が勝負を握り、二つのさいころを、テーブルの上に投げるのだ。

そしてその二つの目の合わさった数が、ＡかＳを勝たせるのだった。

そのとき賭博場は、いまが絶頂であった。一人の混血人は、旗色がおもわしくなく、いっそういらだっていた。

「二千ピアストル！」と、彼は叫んだ。

胴元が、さいころを振った。賭けた男は呪いの叫びをあげた。

「四千ピアストル」

彼は、またしても叫んだ。

そしてまた彼は、失った。

マルティン・パスは、広間の暗いところから、その賭けている男を真正面から見ていた。

それは、アンドレ・セルタその人だった。

彼のかたわらに、ユダヤ人サミュエルが立っていた。サミュエルは言った。

「もう引きあげましょうよ。きょうは、あなたはついていない！」

「それがどうしたっていうんだ！」と、混血人は、ぶっきらぼうに言った。

「そりゃわたしはどうだってかまいませんがね、あなたは結婚式を前にひかえて、毎日の生活を乱していいんですか！」と、サミュエルが言った。

「八千ピアストル！」アンドレ・セルタは、Sにかけて、叫んだ。

Aと出た。混血人は、嘲罵の叫びを発した。胴元が言った。

「お賭けになりますか！」

アンドレ・セルタは、ポケットから札束を取りだして、相当な額を賭けようとした。そしてそれをテーブルの一角に置き、胴元がさいころを振った。そのときサミュエルが、それをやめさせる合図をした。ユダヤ人は、またもや混血人の耳元に口を寄せて、こう言った。

「もしお手元にわれわれの取引きをすませるだけの金額が残らなくなったら、万事おしまいですぞ！」

アンドレ・セルタは肩をあげて、不愉快な様子を見せたが、金をおさめると、出ていった。

「さあ、つづけたまえ」と、サミュエルは胴元に向かって言った。「あの旦那から巻きあげてもいいから、それは結婚してからにしてくれ！」

胴元は、おとなしくおじぎをした。なぜならば、ユダヤ人は、このチョリロスの賭博場の創立者でもあり、その所有者でもあるからだ。人びとは、儲けられるスペイン銀貨のあ

るところには、必ずこの男に出くわすのである。

サミュエルは混血人のあとをつけていったが、石の階段の上にいるアンドレを見つけると、つぎのようなことを言った。

「あなたに重大な話があるんだが、どこか人目につかないところはないでしょうかな?」

「どこでもいいよ!」と、アンドレ・セルタは、ぶっきらぼうに言った。

「そんなに不機嫌にしていて、将来をあやうくしないように! わたしがこの秘密をあかすには、密閉した部屋でも、人里離れた野原でも充分とはいえないのです! もしもあなたが、それを高く買ってくださるなら、秘密を守っていたわたしの苦労は、むくいられるんですがね」

こう語り合いながら、二人の男は海浜へおり立って、海水浴用の小屋の前に来た。彼らは、まるで蛇のように闇にまぎれてついてきたマルティン・パスに見られていることも、また話を聞かれていることも、知らなかったのである。

「ボートに乗って、沖へ行こう」と、アンドレ・セルタが言った。

アンドレ・セルタは、ボートの番人に小銭を与えて、ボートを海に押しだした。サミュエルがそれに乗りこみ、混血人が沖に向って漕いだ。

ボートが沖に出ていくのを見ると、岩の窪みに隠れていたマルティン・パスは、急いで着物を脱ぎ、短刀だけ腰にさして、ボートめがけて猛烈に泳いだ。

太陽は、太平洋の波間に、最後の光を沈めたあとだった。そして、暗闇の静けさが、空と海とを包んでいた。

マルティン・パスは、もっとも恐るべき種類のサメが、この付近の海域を遊泳していることしか念頭になかった。彼は、混血人のボートから声が聞えるところまでくると、泳ぐ手をとめた。

「しかし、あの女が娘であるという証拠を、どうやって父親に伝えたらいいのかね?」

と、アンドレ・セルタが、ユダヤ人にたずねた。

「あの男に、娘を失ったときの事情を話してやったらいいでしょうが」

「その事情というのは?」

「まあ聞いてください」

マルティン・パスは、波の上にどうにか頭をだして聞いてはいたが、話の内容はさっぱりわからなかった。

「サラの父親は、チリのコンセプチオンに住んでいたんです。その男は、あなたもごぞんじの大貴族で、しかも当時は財産も、爵位と釣り合っていた。彼は取引上のことでリマに来なければならなくなり、細君と生まれて一五カ月になったばかりの娘とをコンセプチオンに残して、一人で出発したのです。ペルーの気候が、あらゆる点で気に入ったので、彼は細君にも来るようにと言ってきました。侯爵夫人は幾人かの信頼できる従僕を連れて、バルパライソから〈サン＝ホセ号〉に乗船した。わたしも、同じ船でペルーに向かったのです。〈サン＝ホセ号〉は、リマに寄港することになっていました。ところが、ホアン＝フェルナンデスの沖合にさしかかったとき、恐ろしい突風に見舞われたのです。船は破損し、横に傾きました。乗組員や乗船客は、ランチに乗って遁れました。しかし荒れ狂っている海を見て、侯爵夫人は乗船することをこばんだのです。夫人は幼児を胸に抱きしめて、船に残ったのです。わたしもまた、夫人とともに船に残りました。ランチは船から離れていきました。ところが百尋《ひろ》[3]も行ったところで、乗組員もろとも、波にのまれてしまったのです。われわれだけが、あとに取り残されました。嵐はますます激しく荒れ狂いました。

3　一尋は一・六二一―一・八三メートルにあたる（訳注）

わたしは船に財貨を積みこんでないので、それだけに気がらくでした。〈サン＝ホセ号〉は、船底に一メートル半も浸水したままで、海岸の岩の上に漂流し、そこでまったく大破しました。夫人は、娘とともに、海中に投げだされました。母親のほうは、見るまに海中に没しましたが、幸いなことに、わたしが娘を救いあげ、岸にたどりついたのです」

「その話は、ほんとうかね？」

「まさに、うそ偽りはないですとも。娘の父親は、話を聞いて、否定はしやしないさ。ほんとに、わたしにとっては、運のいい日だったのさ！　あなたがわたしにくれる一〇万ピアストルを授けてくれたんだから！」

「これは、どういう意味なんだろう？」と、マルティン・パスは自問した。

「ここに、一〇万ピアストル入っている財布がある」と、アンドレ・セルタは言った。

「これはどうも！」そう言ってサミュエルは財布をつかんだ。「さあ、これが領収証です。もしあなたが、スペイン第一の由緒ある家の一員になれなかったら、この倍額をお返しすると約束しましょう！」

しかしインディアンには、この最後の言葉は聞えなかった。彼はボートが近づいてきたので、それを避けるために、潜らねばならなかったからである。そのとき彼の目は、彼のほうへさっと迫ってきた異様なものを見たのである。

それは、最も残酷な、サメの一種だった。

マルティン・パスは、怪物が近寄ってくるのを見て、潜った。しかしまもなく、呼吸するために海面に出なければならなかった。サメの尾の一撃をくらったマルティン・パスは、怪物のねばつく鱗が、その胸に触れたのを感じた。サメは餌物をぱくりとやるために仰向きになって、三並びの歯のあるあごを半ば開いた。しかし、マルティン・パスは、怪物の白い腹が光るのを見たので、それをめがけて、短刀をぐさりとさした。

とつぜん彼は、真っ赤な血の海のただ中にいるのに気づいた。彼はまた潜り、そこから、一〇尋ほど戻った。けれどもそこにはもはや混血人のボートがなかったので、それからさらに数十尋泳いで、岸辺に戻った。そのときはすでに彼は、ついいましがた、あやうく死を免れたことなど、きれいに忘れていた。

翌朝、マルティン・パスは、チョリロスを去った。不安に駆られたドン・ヴェガルは、彼の行方をつきとめようと、やはり大急ぎでリマへもどってきた。

7

アンドレ・セルタと、富豪サミュエルの娘との結婚は、まったく一つの事件だった。夫人連は、息つく閑もなかった。彼女たちは美しいコルサージュや、新しい髪のかたちを創意工夫するのに精魂をかたむけ、最も変化に富んだ化粧をこらすのに夢中だった。

サミュエルの屋敷でも、サラの結婚をおおいに披露するために、準備に大わらわだった。スペインの習慣に従って、家の装飾にするフレスコの壁画が、家の構えをすっかり新しくした。高価な、木の香も新しい材料でつくられた家具類が、きれいに整えられた広いサロンに積みかさねられた。珍しい灌木類や、新しい土を入れられた鉢類が、欄干やテラスにならべられた。

一方若い娘の心は、すこしも晴れなかった。なぜなら、ル・サンボが、その腕に希望のしるしをつけてくれなかったからだ！　リベルタは、この老インディアンの行く先を尾行した……が彼は、すこしも希望のしるしを見ることができなかったのである。

ああ！　もしも哀れなサラが、自分の心の動きをどこまでも突きつめてみたら、彼女はその身を埋めるために、修道院に遁れたでもあろうが！　カトリック教の不思議な魅力にひかれ、ジョアキム神父のすすめでひそかに改宗した彼女は、深い信仰をもって、この宗教にかたく結ばれていたのだ。

ジョアキム神父は、すべてスキャンダルを避けるために、それに、日頃祈禱書を読むよりも人の心を読みとることに長けていたので、サラをしてマルティン・パスの死を信ずるがままにさせておいた。この娘の改宗は、彼にとっては重大な関心事だった。そして、彼女がアンドレ・セルタと結婚することによって心が落ち着くと思ったので、この結婚に従うようにと努めたのである。もちろん彼は、この結婚の条件を知らなかったのだった。

ついにその日が、ある者にとっては心楽しく、ある者にとっては心悲しいその日がやってきた。アンドレ・セルタは、町全体をその結婚の披露宴に呼んだ。しかし貴族たちは、招待に応じようとしなかった。彼らは、なんとかもっともらしい口実をつくって、出席しなかった。

とうとう、結婚の書類にサインするときになった。が、若い娘は姿を見せないのだ……。

ユダヤ人サミュエルは、にがりきっていた。アンドレ・セルタは、いらいらしながら眉をひそめていた。招待客の顔にも、ろうばいの色が流れていた。ただいたずらに、たくさんの蠟燭の光が、鏡に反射して、サロンを光の波で照らしだしていた。

外の通りには、一人の男が心配そうな顔をして、行きつもどりつしていた。それは、ドン・ヴェガル侯爵その人だった。

8

サラは、おおいに苦しんで、一人引きこもっていた。彼女は、部屋から外へ出られなかった。そのとき彼女は、感情にむせびながら、中庭に面している欄干に寄りかかっていた。

ふと彼女は、モクレンの植込みのあいだを過ぎる人影を見た。それは、従僕のリベルタだった。リベルタは、誰か目に見えない敵を待ち受けているようだった。ときには立像の後ろに身を隠したり、ときには地面に這いつくばったりしていた。

とつぜん彼女は、まっ青になった。大きな男が、リベルタを地上に倒したからである。押し殺したうめき声は、力強い手によって黒人の口が押えられたことを示していた。

若い娘は、二人の男が立ち上がったのを見たとき、あやうく叫ぶところだった。黒人が相手を見つめていた。

「あなただ！　あなただ！　あなただったんですか！」とリベルタは叫んだ。

サラが叫ぶより先に、リベルタは、あの世から来た幽霊のように出現したその男についてきた。そして若い娘は、マルティン・パスの膝の下に押さえつけられたリベルタのように、そのインディアンの視線に圧倒されて、こう言うことしか出来なかった。

「まあ、あなた！　あなたなんですか！」

マルティン・パスは、彼女のほうをじっと見て、こう言った。

「花嫁の耳には、祝典のざわめきが聞こえるでしょう？　招かれた者たちは、花嫁の顔が幸福に輝くのを見ようとして、サロンにひしめき合っているのです！　彼らの目にさらされるのは、いけにえの支度が整えられた犠牲者なのですか？　娘がその夫となるべき男の前にあらわれるのに、そのような悲しそうな、青白い顔で、いいのでしょうか？」

サラはマルティン・パスの言葉を、ほとんど聞いていなかった。

若いインディアンは、さらに言葉をつづけた。

「あなたが涙にくれているのは、父親の家よりはるか遠くを、いま苦しみ悩んでいるこの町よりはるか遠くを思っているからではないのかな！」

サラは、頭をきっとあげた。マルティン・パスは背いっぱいに立ち上がり、腕をコルディレールの頂上のほうへ差し伸べて、娘に自由への道をさし示した。

サラは、なにか強い力にひかれるのを感じた。すでに人声が、彼女に迫ってきた。この部屋へやってくるのだ。おそらく父親が入ってくるだろう、そして婚約者も一緒に！　マルティン・パスは、とつぜん、彼の頭上にかかっていたランプを消した……口笛が、あのプラサ・マヨールで聞こえたのと同じ口笛が、夜の闇を突き通した。

入口の扉が開かれ、サミュエルとアンドレ・セルタが入ってきた。まっ暗だった。数人の従僕が、あかりを持って駆けつけた……部屋は、もぬけのからだった！

「やっつけろ！」

混血人が叫んだ。

「サラは、どこへ行ったんだ？」と、サミュエルも言った。

「あんたは、わたしに責任をもってもらわんことには！」アンドレ・セルタは、露骨にこう言った。

この言葉を聞いてユダヤ人は、骨のしんまで氷るような、冷たい汗を感じた。そして、

「まかせろ！」と、叫んだ。

彼は数人の従僕をつれて、部屋の外に飛びだした。

一方マルティン・パスは、すばやく、町の通りを駆け抜けた。ユダヤ人の住居からしばらく行ったところに、彼の口笛を聞いて、数人のインディアンが集まっていた。

「われわれの山へ!」と、マルティン・パスは叫んだ。

「ドン・ヴェガル侯の屋敷へ!」と誰かの声が、彼の後ろでした。

マルティン・パスは振り返った。

ドン・ヴェガルが、彼のすぐかたわらにいた。

「その娘を、わたしに預けないか?」と、ドン・ヴェガルは頼んだ。

インディアンは頭をさげて、低い声で言った。

「ドン・ヴェガル侯の屋敷に!」

マルティン・パスは、侯爵の言葉に従って、娘を侯爵に預けた。彼は、侯爵の家に預ければ、娘が安全なのを知っていた。しかし名誉のために、ドン・ヴェガル家の屋根のもとで一夜を過ごすことは、所望することができなかった。

そこで、彼は屋敷から出た。彼の頭は燃えるようで、血が血管の中で、たぎるようだった。

しかし、彼が一〇〇歩も行かないうちに、五、六人の男が彼に飛びかかった。頑強に抵抗したものの、彼は高手小手に縛られた。マルティン・パスは、絶望のあまり唸った。彼は、敵の掌中に落ちたと信じたのだ。

それから数分のち、彼は一室に連れていかれ、目隠しの布がとられた。彼は周囲を見まわした。彼の兄弟たちが最初反乱をくわだてた、例の居酒屋の階下にいるのを知ったのである。

娘の奪取の現場に居合わせたル・サンボが、そこにいた。マナンガニをはじめ数人の者が、彼のまわりをとり巻いていた。憎しみの色が、マルティン・パスの目に光った。

「せがれは、わしの老いの目の涙に、同情してくれんのじゃな、わしに長いあいだ死んだものとばかり思いこましておくなんて?」とル・サンボが言った。

「われわれの頭目、マルティン・パスが、ときもあろうに反乱の前夜に、敵の陣営にいるなどということがありえようか?」と、マナンガニが詰問した。

マルティン・パスは、父親にも友にも一言も答えなかった。

「このようにして、われわれのもっとも重大な利害関係が、一婦人のために犠牲になっていいものか！」

こう言いながらマナンガニは、短刀を手に持って、マルティン・パスに近寄った。マルティン・パスは、そのほうに目もくれなかった。

「なにか言ったらいいだろう」と、ル・サンボが言った。「われわれはずっとあとで、行動を起こす。もしも息子が仲間に加わらなかったら、裏切りに対する復讐がどういうものか、いまわたしは、この場で見るわけだ。用心したらいい！　ユダヤ人サミュエルの娘は、われわれの手から遁れられるほど、安全に隠されてはいないんだ！　息子よ、よく考えてみるがいい！　この場で殺されれば、この町ではその頭をのせる石一つさえないだろう。反対に、もしこの国を救ってくれれば、栄光と自由は、おまえのものだ！」

マルティン・パスは、じっと黙ったままだった。しかし彼の心中では、恐ろしい闘いが始まっていた。ル・サンボは、その誇りたかき心の琴線を高鳴らせたのだ。

マルティン・パスは、反乱を起こすに欠くべからざる男だった。彼は、町中のインディアンに、大きな権力をもっていた。彼はインディアン全部を、思いのままに動かすことができた。合図一つで、彼らを死へも導くことができたのだ。

ル・サンボの命令で、彼を縛ってあった縄がとかれた。マルティン・パスは、立ち上がった。

彼を注視していたル・サンボは言った。

「息子よ、明日、アマンカエスの祭日に、われわれ兄弟は、雪崩のように、武装をしていないリマの町に襲いかかるんだ。これが、コルディレールへの道、これが、街への道だ！おまえは、自由になった」

「山へ！」と、マルティン・パスは叫んだ。「山へ行くんだ！　われわれの敵に呪いあれ！」

昇る太陽の最初の光が、コルディレールの内ふところに開かれた、インディアンの頭目たちの集会場を照らしつけた。

9

アマンカエスの大祭日、六月二四日がやってきた。住民たちは、徒歩で馬で、あるいは馬車で、町から二キロほどの、有名な丘をめざして集まった。混血人もインディアンも一緒になって、この祭日を祝った。彼らは一家族が一団となり、仲間同士で連れだって、うれしそうにして向かっていった。彼らはそれぞれ食糧を持ち、ギター弾きが先頭に立って、流行歌を歌いつづけた。これらの散歩者たちは、バナナの木の茂みを横切り、とうもろこしやアルハダの畑のあいだを進んでいった。彼らは、柳の植った小道を通り、レモンの木やオレンジの木のあるところに出た。それらの果樹の匂いは、山の野生的な匂いと、よく融け合っていた。道のところどころに屋台店が出ていて、火酒やビールを飲ませたので、それらの飲み物が、笑い声や叫び声をかき立たせた。馬に乗った連中は、群衆のあいだで馬を旋回させ、巧みな手綱さばきで、その速力を制御した。

山に咲く小さな花の名をとって名づけられたこの祭りでは、想像の及びもつかぬほどの自由と感情のたかまりが支配していた。しかしながらこの公共の喜びのなかでは、いかに叫びわめこうが、なぐり合いの喧嘩は見られなかった。それは、きらきら輝く甲鉄に身を固めた槍騎兵があちこちにいて、群衆の秩序を保っていたからでもあったが。

それらの群衆が、やっとアマンカエスの丘に到着したころ、感激の一大叫喚が、山の奥地で繰りかえされていた。

人びとの足下には、昔の〈王の土地〉が、塔や合鳴鐘《カリヨン》の鳴りひびく鐘楼を、たかだかと空に屹立させて、よこたわっていた。サン＝ペドロ、サン＝トーガスタンといった大伽藍が、その太陽の光ときらめく屋根とに、人びとの視線をひきつけていた。サン＝ドミンゴ寺院は、二日続けてそのマリア像が同じ衣裳をまとわないほど富裕であって、そのすんなりした尖塔が他を圧してそびえ立っていた。右手には太平洋が、その広びろした大海原を微風に波立たせており、カラオからリマへと目を転じれば、代々のインカ王国の遺骸が納めてある記念堂に気づくであろう。地平線の彼方には、モロ＝ソラール岬が、一幅の絵画を縁どっていた。

しかし、リマの町の人びとが、これらの美しい風光を賞美しているあいだに、コルディレールの凍てついた頂上では、血なまぐさいドラマが準備されていた。

じじつ、常住の住民がすっかり出払ったリマの町には、たくさんのインディアンが町通りをうろつきまわっていた。これらの人びとは、いつもは積極的にアマンカエスの祭りに参加するのに、その日にかぎって心重く、なにかに心を奪われているようで、もくもくとして歩いていた。急に、数人の頭だった者が、忙しそうに秘密の命令を与えて、立ち去った。一同は三々五々と、町の繁華街に集まってきた。

そのうちに太陽が、地平線上に没しはじめた。こんどはリマの貴族階級がかわってアマンカエスに赴く時刻だった。行列の装いも美々しく、街路樹の下を右に左につらなって進んでいった。それは、徒歩、馬車、騎馬の入りまじった行列だった。

五時を告げる鐘が、伽藍の塔上で鳴りひびいた。

一つの大きな叫び声が、町のなかでひびき渡った。あらゆる広場から、あらゆる道から、そしてあらゆる家々から、手に手に武器を持ったインディアンがおどり出た。まもなく目抜きの街は、これらの反徒によって占拠された。ある者は、頭上に高く、火のついている松明をもやしていた。

「スペイン人をやっつけろ！　圧制者をほうむれ！」これが合図の言葉だった。

そのとき丘の上は、別のインディアンで満ちみちていた。そしてそれらが、町の仲間たちと一緒になった。

このときのリマの町の様子を思ってみるがいい。反徒は、町の隅ずみを占拠していた。丘上の一群の先頭には、マルティン・パスが、黒い旗を揺り動かしていた。一方インディアンたちは、廃墟に帰せしめるように指定された家々を襲っていた。プラサ・マヨールは、暴徒でいっぱいだった。マルティン・パスのかたわらには、マナンガニが、恐ろしい唸り声をあげていた。

彼方には、政府の兵隊が、反乱の知らせを受けて、大統領の宮殿前に、戦列をしいていた。恐ろしい砲列が、宮殿内に侵入しようとする暴徒を迎えた。最初は、この不意の攻撃に数多くの仲間が地上に倒れたが、さらに憤慨をあらたにして、インディアンは軍隊に襲いかかった。それからは、肉弾相うつ恐ろしい死闘となった。マルティン・パスとマナンガニとは、奇蹟的に死を免れた。

彼らは、是が非でも宮殿を掌中におさめ、そこを死守しなければならなかった。

「進め！」と、マルティン・パスは、叫んだ。彼の号令が、インディアンたちを攻撃に立ち向かわせた。

インディアンたちは、あちこちで壊滅させられたが、どうやら宮殿をとり巻く軍隊の波を後退させるにいたった。すでにマナンガニは、正面階段に昇りかけたが、ふと彼は足をとどめた。広がった兵隊の一団が、二門の大砲の遮蔽物をとり除いて、侵入者を吹き飛ばそうと支度していたからだった。

一刻も、猶予はできなかった。砲列が火をふく前に、そこに飛びこんでいかねばならなかった。

「われわれ二人でやっつけよう！」マナンガニは、マルティン・パスをかえりみて、叫んだ。

しかしマルティン・パスは身を伏せて、その言葉に耳を貸さなかった。それというのは、一人の黒人が、彼の耳に次のようなことを、ささやいたからである。

「みんなはドン・ヴェガルの屋敷を襲った。おそらく侯爵をやっつけるだろう！」

この言葉を聞いてマルティン・パスは、逡巡したのだった。マナンガニは、彼を引っ張って突っこもうとした。が、そのとき、砲門が火をふいた。そして数人のインディアンが吹っ飛んだ。

「ついてこい！」マルティン・パスは叫んだ。

数人の腹心の部下が、彼に従った。そして彼は、兵隊の包囲を切りひらくことができた。

この遁走は、重大な一つの裏切り行為だった。インディアンたちは、頭目から置き去りにされたと感じたのだ。マナンガニは、彼らを闘争へと駆り立てたが、それは無駄な努力だった。一斉射撃が、彼らを包んだ。こうなると、彼らを集合させることは、もはやできかねた。混乱はその極に達し、敗走の色はあきらかだった。数箇所に火の手があがり、それが敗走者の何人かを、奪略へと向かわしめた。しかし兵隊は、腰の剣をふるって、追撃に移った。多数のインディアンが、殺された。

そのあいだにマルティン・パスは、ドン・ヴェガルの屋敷に至った。そこでは、ル・サンボ自身の率いる一隊によって、死闘が展開されていた。この老インディアンがここにいるのは、二重の利害関係からだった。侯爵を相手に闘いながら、彼はサラを奪取して、息子の忠誠の人質にしようとしたのだ。

戸口や中庭の壁は倒壊したので、剣を手にし、数人の従僕とともに、侵入者の一団を相手に闘っているドン・ヴェガルの姿が見えた。彼の剛毅心と勇気とは、崇高なるものがあった。彼は先頭に立って剣をふるい、その恐るべき切先は、そのまわりに死骸の山を築いていた。

しかし、プラサ・マヨールの敗走者が加わってくるにつれ、刻一刻と増してくるインディアンの群を前にして、どうしたらいいであろうか？　ドン・ヴェガルは、防ぎ手の力が弱まってくるのを感じ、やがては自分も敵手に倒されるであろうと観念した。そのときマルティン・パスが、稲妻のように走ってきて、攻撃者を背後から襲い、やむなく振り向いて彼に立ち向かわしめた。そして彼は、弾丸の飛び交うなかをドン・ヴェガルのそば近くにまで来て、身をもって侯爵をかばった。

「いいぞ、わが子よ、よくやった！」ドン・ヴェガルは、マルティン・パスの手を握りしめて言った。

しかし若いインディアンは、うちしおれていた。

「よくやったわ、マルティン・パス」もう一つの声が、しかしそれは、彼の心の奥にまでひびき渡った。

彼は、そこにサラを見た。そして彼の腕は、彼の周囲に、血の広い円周を描いた。

そのうちにル・サンボの一団が、こんどは旗色が悪くなりだした。何度もこの新しいブルータス[4]は、その息子に対して剣をふるって打ちかかったが、その切先は達しなかった。そして何度となくマルティン・パスは、父親を打ちそうになった剣の矛先を変えていたことか！

とつぜん、血まみれになったマナンガニが、ル・サンボのかたわらに姿をあらわして、こう言った。

「おまえは、近親者であれ、友人であれ、いな自分自身でさえも、恥知らずの裏切者に対しては容赦しないと誓ったな。そのときが来たのだ！　あそこに兵隊がやってくる！　混血人アンドレ・セルタが、そのなかにいるんだ！」

「ついてこい、マナンガニ！　行こう！」ル・サンボは、不敵な笑いを浮かべて言った。

二人はドン・ヴェガルの館を去って、こちらへ向かって進んでくる一隊のほうへ駆けつけた。弾丸が狙い撃ちに飛んできたが、ル・サンボはすこしも臆せず、混血人のところへ、まっすぐに向かっていった。

4　古代ローマの政治家で、恩誼を受けたカエサルを暗殺したことにより、裏切者の代名詞として使われる。ここでは、ル・サンボをさして言っている（訳注）

「おまえが、アンドレ・セルタか？　では言うが、おまえの花嫁はドン・ヴェガルの屋敷にいる。マルティン・パスが、山へ連れていこうとしているんだ！」

こう言い終わると、二人のインディアンは姿を消した。

このようにしてル・サンボは、不倶戴天の敵同士を面と向かわしめたのだ。以前に出し抜かれていた兵隊たちは、マルティン・パスがいると聞いて、大挙して侯爵邸に押し寄せた。

アンドレ・セルタは、怒りで狂った。彼はマルティン・パスの姿を見ると、いきなり躍りかかった。

「二人だけで勝負をしよう！」若いインディアンはそう言うと、せっかく今まで勇敢に守りつづけていた石の階段を捨てて、混血人のもとに走った。

二人はそこで、足と足、胸と胸とを突き合わせ、顔も触れんばかりに、互いに視線が一つの光に融け入っていた。敵も味方も、この二人に近寄ることはできなかった。そのとき彼らは組み打ちになっていて、呼吸もできないほどの死闘だった。アンドレ・セルタはマルティン・パスを倒して、一撃を打ちおろしたが、その切先はみごとにはずれた。混血人は腕を振りあげた。が、その腕が振りおろされる先に、インディアンがその腕を押えた。

アンドレ・セルタは腕を振りほどこうとしたがそのかいなく、こんどはマルティン・パスがその短刀を、混血人の心臓深く突きさしたのだ。

そしてマルティン・パスは、ドン・ヴェガルの腕のなかに飛びこんだ。

侯爵は、叫んだ。

「わが子よ！　山へ！　山へ逃げるんだ！　わたしが、そうするように命令する！」

そのときユダヤ人のサミュエルがあらわれて、アンドレ・セルタの死骸にとびかかり、そこから紙入れを抜きとった。しかし彼は、それをマルティン・パスに見られてしまった。若いインディアンはそれをサミュエルの手から奪いとり、それを開いて、ざっと目を通すと、喜びの叫び声を発して、侯爵のもとに走り寄り、それを手渡した。その紙片には、次のように書かれてあった。

アンドレ・セルタ殿より、一〇万ピアストルまさに領収しました。もしもかつて〈サン=ホセ号〉の難破の節に救いだしたサラが、ドン・ヴェガル侯の娘であり、その唯一の相続人でなかったとしたら、この金額を貴殿に返還することを約束します。

サミュエル

「わたしの娘だ！」

そう叫んで侯爵は、サラの部屋に飛びこんだ。

が、そこには、娘の姿は見えなかった。ジョアキム神父が血まみれになって、次の言葉を、とぎれとぎれに言った。

「ル・サンボが！……奪った！……マデイラ川へ！……」

10

「行こう!」と、マルティン・パスは叫んだ。

ドン・ヴェガルは一言も発せずに、インディアンのあとに従った。彼の娘なのだ!……どうしても娘をふたたび見いださねばならなかった!

ラバがひきだされ、二人はそれに跨がった。長いゲートルが、革紐で膝の上に結いつけられた。つばの広い麦藁帽子が、彼らの顔を隠した。ピストルが数挺、鞍の革袋のなかに入れられた。一挺の騎兵銃が、その脇に吊り下げられた。マルティン・パスは腰のまわりに短刀を吊し、その先端がラバの馬具に触れていた。

マルティン・パスは、これから行こうとする山野に精通していた。彼はル・サンボがどこの片田舎へ自分の愛人を連れていくか、よく知っていたのだ。愛人などと彼はドン・ヴェガル侯の娘を、あえてこう呼んでいたのである。

ひとつの目的、共通の考えしかもたぬ侯爵とインディアンの若者とは、まもなく、ヤシ

や松の木の植っているコルディレールの峡谷にさしかかった。杉や綿の木やアロエは、とうもろこし、うまごやし等でおおわれている平野とともに、もうそこには見えなかった。とげのあるシャボテンが、ときどき彼らのラバを突きさして、ラバをして急坂を登ることを躊躇せしめた。

この季節に山へ行くことは、相当につらい仕事だった。六月の太陽の下に雪が溶け、滝となり、ときには恐ろしい塊となって尖頂を離れ、底知れぬ深淵のなかに呑みこまれた。しかし、父親と花婿とは、夜を日に継いで、すこしの休みもなく駆けていた。

彼らは、標高四二七〇メートルの、アンデス山脈中の一峰に至った。そこにはもはや、樹木も植物もなかった。ときには彼らは、高い絶頂にまで雪の渦巻を吹きあげる、恐ろしいコルディレールの嵐に襲われた。ドン・ヴェガルはときどき、思わず知らず立ちどまった。しかしマルティン・パスが彼を支え、雪の大きな塊から彼を保護した。

アンデス山脈中でも最も高いこの辺では、いかに勇気があり大胆な者でも病的状態になるのであって、その疲労に耐えうるためには、よほどの超人間的な意志を必要とした。

彼らは、コルディレールの東側の斜面にインディアンの足跡を見つけたので、やっと山脈から降りることができた。

彼らは、ペルーとブラジルのあいだにある平原にそびえ立っている広い原始林に至った。その密林のなかでマルティン・パスは、インディアンだけがもつ英知を、大いに役立てることができた。

半ば消された焚火、足跡、小枝の折れ具合、人や、動物の残したもの、それらすべてが、彼にとっては探索の材料になった。

ドン・ヴェガルは、不幸な娘が、石やイバラの上を歩いて連れていかれたのではないかと、それをたいへん心配していた。しかしマルティン・パスが、地面に埋っている石を幾つか示して見せて、これが動物の足によって踏みつけられたものだと言い、また同じ方向に押しやられている枝葉を示して、これは馬上の人の手によらねばできないことだと言ったので、どうやらドン・ヴェガルは、希望をとりもどすことができた。じじつ、かくも信頼ができ、器用にやってのけるマルティン・パスにとっては、越えられない障害はなく、とり除くことのできぬ危険は存在しなかった！

ある晩のこと、マルティン・パスとドン・ヴェガルとは、疲れのために足をとどめなければならなくなった。彼らは川のほとりに出たのである。その川は若者がよく知っている、マデイラ川の最初の流れであった。大きなマングローヴが川の上に垂れ下っていて、それがツタによって、むこう岸の樹木とつながっていた。

強奪者は川を上っていったのだろうか、それとも下ったのだろうか？　それとも、むこう岸に渡ったのであろうか？　これが、マルティン・パスの当面の問題であった。大骨折って逃げ去った者の足跡をたどった結果、土手の縁に沿って進み、それほど暗くない空地へ出た。そこの土の踏みぐあいによって、数人の人たちが、そこから川を渡ったことがわかった。

マルティン・パスは、進むべき方向を見定めていたとき、叢林のかたわらでうごめいている黒い塊を見つけた。彼は、短刀を抜き放って、不意の攻撃に備えた。しかし、数歩近づいてみると、それは地上によこたわっているラバが、最後の息をひきとろうとして身をふるわしているのだった。この哀れな動物は、いまよこたわっている場所からだいぶ離れたところで打ち倒されたらしく、血の痕が点々とついていた。疑いもなくこのラバは、川を渡ることができなかったので、インディアンの短刀の一撃によって殺されたのにちがいなかった。もはや逃げ去った者の方向についてはは疑う余地もなかったので、彼は連れのもとへもどってきた。

「たぶん明日は、追いつくことができるでしょう」と、マルティン・パスは言った。

「いますぐ出発しよう」

「しかし、川を渡らなければならないのです」

「泳いで渡ればいい！」

二人は服を脱いで、マルティン・パスがそれを束ねて頭にのせ、そっと水のなかを渡っていった。それは、ブラジルやペルーの川にたくさんいる、危険なワニを驚かさないためであった。

彼らは、むこう岸へ着いた。マルティン・パスが最初になすべきことは、インディアンどもの足跡を探すことであった。しかし、ずいぶん葉や小石を調べてみたが、それを見いだすことはできなかった。というのは、流れが急なために押し流されたからであって、ドン・ヴェガルと若者とは、川の土手を上流へさかのぼったところに、はっきりとそれとわかる足跡を見いだしたのだった。

ル・サンボが、途中でいよいよ数を増したインディアンの一隊とともに、マデイラ川を渡ったのは、その地点においてであった。

じじつ、反徒の凱旋をいまかいまかと待っていた野や山のインディアンたちは、その期待が裏切られたと知ると、怒り立って押し寄せたのである。そして、犠牲に供すべき女を伴い来たのを見て、老インディアンの一団に合流したのだった。

娘は、もはや自分の身のまわりに起こっていることに対して感情を失っていた。彼女は、多くの手が前へと押しやるから歩いていくのであって、もしこの人跡まれな場所にひとり残されたら、彼女は死から逃れるためにも一歩といえども踏みださなかったであろう。ときどき、若いインディアンの面影が、目の前にちらついたが、すぐと彼女は無気力な塊となって、ラバの首の上にもたれかかった。川を渡ると、彼女は徒歩でついて行かねばならなかった。二人のインディアンが、抱えるようにして彼女を急ぎ足で連れていった。一筋の血の痕が、そのたどった跡を示していた。

ル・サンボはしかし、この血の痕が、彼女のたどった道を示すとは、まったく気づかなかった。もう目的地が、すぐそこなのだった。まもなく川瀬を流れる滝の音が、彼らの耳をろうさんばかりに聞こえた。

インディアンの一行は、泥とイグサを絡み合わせた小屋がたくさん並んでいる部落へ到着した。一行が来たのを知ると、女や子供の群が歓声をあげて走り寄った。が、その喜びは、マルティン・パスの裏切りを知ったとき、怒りに変じた。

サラは、それらの憎しみを目の前にして身動きもせず、うつろな目で、彼らを眺めていた。彼女のまわりには、憎悪でゆがんだ顔が歯をむきだし、恐ろしい強迫の叫びが耳をついて聞こえた！

その一つは言った。

「ああ、夫はどこにいる？　夫を死なせたのは、おまえなんだ！」

「兄弟は帰ってこない。おまえがどうかしたのか？」

「殺してしまえ！　その肉の一片をわたしたちに分けろ！　殺すんだ！」

それらの女どもは、燃えている薪を手に持ち、庖丁をひらめかせ、またある者は大きな石を振りあげて、若い娘に近づいた。

「退れ！」と、ル・サンボは大喝した。「頭目たちの決定があるまで待つように！」

女どもは、恐ろしい視線を若い娘に投げかけながらも、老インディアンの言葉に従った。サラは、血まみれになって、河原の石の上によこたわっていた。

この部落の下には、マデイラ川が深い河床をつくって狭まり、恐ろしい急流となって三〇メートルの高さから落下していた。頭目たちがサラの死に場所として選んだのは、この瀑布のなかだった。

彼女は太陽の日の出とともに、樹皮でつくったカヌーに乗せられ、マデイラ川の流れに打ちすてられることになった。

このような刑罰は決まった。明日まで犠牲者の処刑を延ばすことは、それだけ苦しみと恐怖の一夜を、彼女が過ごすことであった。

刑の条文が知らされたとき、それは歓声をもって迎えられた。狂おしい歓喜が、すべてのインディアンの心をとらえた。

乱痴気騒ぎの一夜だった。火酒が、興奮した頭を、いやがうえにもあおった。髪振り乱した踊り手が、娘のまわりを踊り狂った。燃えあがる松の枝を振りまわしながら、インディアンどもは、荒れ果てた広野をかけまわった。

このような騒ぎが、日の出までつづけられた。最初の太陽の光がさしはじめると、それはさらにひどくなった。

若い娘は、杭から解き放たれた。いくつもの手が、彼女を刑場にひっぱっていこうとして、争ってさし伸べられた。マルティン・パスの名が彼女の唇から発せられたとき、憎しみと復讐の叫びが、いっせいにそれに答えた。川上につづいている岩の堆積につけられた、その急な小道をよじ登っていかねばならなかった。犠牲者は、全身血みどろになって、そこへたどり着いた。そこは瀑布の落ち口から三〇〇メートルのところで、樹皮のカヌーが、彼女を待ち受けていた。彼女はその中に寝かされ、革紐で肉に食い入るまでに結《ゆわ》いつけられた。

「復讐だ！」部落全体が一つの声になって、こう叫んだ。

カヌーは急速に流れていき、ひとりでに旋回した。

このとき、とつぜん二人の男が、向う岸に姿をあらわした。それは、マルティン・パスと、ドン・ヴェガルだった。

「娘！　わたしの娘！」父親は河岸にひざまずいて叫んだ。

カヌーは、瀑布のほうへ流れていった。

マルティン・パスは、岩の上に立って、頭の上で短刀を風を切ってぐるぐるまわしていた。小舟が落下しようとしたとき、短刀は飛んで、その長い革紐が伸び、その輪差がカヌーを捉えた。

「殺せ!」と、インディアンの野蛮人どもがわめき立てた。

マルティン・パスは四肢を踏んばって引っ張った。カヌーは、深淵の上でとまって、すこしずつ、彼のほうへ寄ってきた……。

とつぜん、一本の矢が風を切って飛んできた。マルティン・パスは前にのめって、舟の中に落ちた。そしてサラとともに、渦巻く瀑布のなかに呑みこまれた。

ほとんどそれと同時に、第二の矢が、ドン・ヴェガルめがけて放たれ、その心臓を射抜いた。

マルティン・パスとサラとは、永久にあの世で結ばれた。なぜならば、この崇高な結合においては、サラの最後の行為が、新しい生命を与えられた若いインディアンの額に、洗礼のしるしを与えたからである。

老時計師ザカリウス

1　冬の一夜

ジュネーヴという都市は、その名が同名の湖水に由来するのか、またはジュネーヴ市がその名を湖水に与えているのかわからないが、とにかく湖水の西端に位置している。湖水から出て市をよこぎっているローヌ川は、市をはっきりと二つの地区に分かち、そして川自身も市の中央部で、両岸ではさまれた一つの島によって分かたれている。このような地形は、商業や産業の中心地でしばしば見うけられる現象である。おそらく最初に定着した人びとは、流れの速い支流が与えてくれる交通の便利さによって惹かれたのであって、パスカルの言葉によれば〈ひとりでに歩く道〉であってみれば、さしずめローヌ川は、走る道である。

新しく整然とした家なみが、まだこの島に建ちならばなかったころ、川のまんなかに錨をおろしたオランダ沿岸の貿易船といったこの島には、家々が驚嘆すべき塊のようになって重なりあって建ちならび、魅力に富む雑然としたおもむきをあたえていた。島がせまいので、そのいくつかの家々は、やむなくローヌの急流に杭を打ちこみ、その上に入りみだれて建っていた。それらの太い丸太は時代をへて黒ずみ、水にあらわれて磨滅し、まるで巨大なカニの足のような異様な印象をあたえていた。黄色くなったいくつかの網が、まるでクモの巣のように古びた土台の上に張りめぐらされて、暗闇のなかで、あたかもカシの古木の葉のように揺れ動いていた。川はこの杭の木立のあいだにもぐりこむと、泡だって気味の悪いうなり声をあげていた。

これらの島の住居のなかでもとりわけ一軒が、異色ある老朽のために目についた。それが老時計師ザカリウスの家で、娘のジェランドと、徒弟のオベール・テュン、それに老女中のスコラスティックとが住まっていた。

このザカリウスは、いっぷう変わった男だった！　彼の年齢は、はっきりわからなかった。そのやせてとがった顔がいつごろから彼の肩の上で揺れていたのか、またその長い白髪を風になびかせて町のなかを行く姿がはじめて見られたのはいつごろだったか、ジュネーヴの最年長者のなかでもそれを言える者はいなかった。この男には生命が通っていなかった。彼の製作するところの時計の振子のように、揺れ動いているだけだった。その顔

PAN
H. Sch

は死人のようにひからびて、くろずんだ色をしていた。それはレオナルド・ダ・ヴィンチの絵のような黒さだった。

ジェランドは、古い家のなかのいちばんきれいな部屋に入っていた。そこからは小さな窓を通してジュラの雪をいただいた峰々に、彼女の憂いがちなまなざしがいつもそそがれていた。ところが老人の寝室と仕事部屋とは、ほとんど川すれすれの穴倉のようなところで、その床板は杭の上にじかに張られてあった。もうずっと以前からザカリウス親方は食事のときと、町のあちこちの大時計の時間をあわせに行くとき以外は、彼の穴倉から出てこなかった。そのほかの時間はたいてい、自分の創意工夫になる時計づくりのいろいろな器具がいっぱいならべられてある仕事台の前で過ごしていた。

というのは、彼は腕ききの時計づくりだったからだ。彼の製品はフランスやドイツじゅうで、高く評価されていた。ジュネーヴでかなり評判の高い職人たちも、彼の腕には一目おいていたし、いわば彼はこの都市の名誉でもあったので、人びとも彼を指さしてこう言っていた。

「あれがぎんぎ車を発明した人だ!」

じじつザカリウスの製作品が後にあきらかにするように、この発明によって真の時計の装置が誕生したのである。

ザカリウスは長時間にわたって大いに働くと、道具をゆっくりとその在るべき場所に置き、いま組み立てたばかりの精巧な部品にうすいガラスをかぶせて、ぐるぐる回っている動輪をとめた。それから床板にあけられたのぞき穴を持ちあげて、その上に何時間もかがみこみ、眼下を流れるローヌ川が水煙をあげ大きな音をたてて流れていくのをうっとりとながめていた。

ある冬の夜のこと、老女中のスコラスティックは、夕食の用意をしていた。長年の習慣から、夕食には彼女も若い徒弟も食事をともにしていた。料理は入念に調理されて、美しい青と白の皿に盛られていたのに、ザカリウス親方は食事をとらなかった。ジェランドがやさしい言葉をかけてもそれに答えようとせず、彼はいつもよりもかたくなにだまりこんでいて、スコラスティックのおしゃべりも彼の注意をひかず、川の響きも彼の耳をそば立てなかった。老時計師はそのしんみりした食事を終えると、娘に接吻もせず、みんなにいつものようなおやすみも言わないで、テーブルを立った。彼が穴倉に通じる狭いドアから姿を消すと、やがて重い足どりで階段をきしませながら降りていく足音が聞こえた。

ジェランドとオベールとスコラスティックとは、しばらくのあいだ口もきかなかった。

その夜は重苦しい空模様で、雲はアルプス連山にそって重く垂れこめ、いまにも雨になって落ちてきそうだった。スイスのきびしい冷気が心の隅まで陰鬱さをもってしみわたり、一方外では南風が吹き荒れて、不気味なうなり声をあげていた。とうとうスコラスティックが口をきった。

「お嬢さま、お気づきになりましたか、ご主人さまはここ数日お部屋に閉じこもりっきりなので、あれではお腹がすかないのもむりはありませんね。お言葉、どっしりとお腹につまってしまいますものね。よほど悪がしこい悪魔でないと、あれを吐きださせることはとてもできないでしょうね！」

「おとうさまには、なにかあたしなどにはわからない心配ごとがおありなんだわ」とジェランドは答えたが、その顔には、さも心配そうなようすがうかがわれた。

「お嬢さま、そんなにご心配になるにはおよびませんよ。ザカリウス親方が変わった方でいらっしゃるのは、お嬢さんもごぞんじではありませんか。あの方のお顔を見てそのお心のなかなど、誰が察することができましょうか。きっとなにかお困りのことができたのでしょうよ。でもあすになればそんなことは、もうすっかりお忘れになって、お嬢さまがこんなにご心配になったと知ったら、ほんとうに後悔なさるでしょうよ」

こう言ったのはオベールで、ジェランドの美しい目を見ながらそう言ったのである。オベールはザカリウス親方が仕事場に入れたたった一人の職人だった。その頭のよさ、つつましさ、人のよさが買われたからだった。オベールは、はなはだ勇敢な献身ぶりを示し、さも意味ありげな愛情をもってジェランドにつかえていた。

ジェランドは一八歳だった。その瓜実顔は、ブルターニュの古い町の町角にいまなおかかっている純真な聖母の像を思い出させた。その瞳は、このうえない純真さを宿していた。彼女は詩人の夢が優にやさしく開花したものだと見なされて、みんなからかわいがられていた。服装はごく地味な色合いのものを好み、その肩をおおっている白い布地は、教会のそれを思わせる色合いと感触とをもっていた。彼女はまだ無味乾燥のカルヴァン主義に支配されていない時代のジュネーヴの街で神秘的な暮らしを送っていた。

朝に夕べに鉄の止め金のついたミサ祈禱書を開いてラテン語の祈禱書を読むように、

ジェランドはオベール・テュンのひそかな想いを、この若い職人の彼女に対する深い愛情がいかばかりかを読みとっていた。じじつこの若者の目には、世界はこの時計師の古い家のほかにはなかったし、仕事を終えて師匠の仕事場を出ると、彼はずっと娘のかたわらで過ごしていた。

老女中のスコラスティックもこうしたことを知らないわけではなかったが、このことについてはなにも言わなかった。彼女のおしゃべりは、主としてご時勢の不幸と家事上のこまごました気苦労についてであった。だがしゃべりだしたら最後、誰もそれをとめることはできなかった。それはまるでジュネーヴで製造されるオルゴールつきの煙草入れのようなもので、一度ねじを巻いたら全曲を演奏しおわるまでは止まらなかった。

ジェランドが苦しそうにじっとだまりこんでいるのを見ると、スコラスティックは古い木の椅子から立ち上がって一本のろうそくを燭台の先に刺し、火を点じると、それを石の壁龕《へきがん》のなかの小さな蠟づくりの聖母像のそばに置いた。この家庭の守護神である聖母の前にひざまずいて、夜のありがたいご加護を請うのが長いあいだの習慣だった。ところがその晩はジェランドは、だまったままでその場を動こうとはしなかった。スコラスティックはびっくりして言った。

「さあ、お嬢さま！　お食事はすみました、おやすみのお時間でございます。夜ふかしをなさいますと、お目がおつかれになりますでしょう？……ああ、聖母マリアさま！　さあ早くおやすみになって、楽しい夢でもごらんになって、お気をらくになさってくださいませ！

こんないやな時代では、仕合わせな日なんて、ほんとにあてにならないんですもの！」

「おとうさまのために、誰かお医者を探しにやらなくてもいいかしら？」と、ジェランドがたずねた。

「お医者さまですって！」と老女は叫んだ。「だんなさまがあんな連中の考えや言うことに耳を貸すものですか！　時計の薬だと大さわぎなさるくせに、ご自分のおからだにはいらないっておっしゃるんですから！」

「どうしたらいいんでしょうね？」と、ジェランドがつぶやいた。「またお仕事かしら？おやすみになったのかしら？」

「親方は、ちょっとしたご心配ごとがおありなので、それで考えこんでいられるのです」と、オベールがやさしく、それに応じた。

「あなたには、それがなんだかわかっているのね?」

「だいたいですけれど、ジェランドさん」

「話してくださいよ」と、スコラスティックは大声で言って、節約するためにろうそくを消した。若い職人は話しだした。

「ジェランドさん、この数日前から、まったく理解に苦しむことが起ったのです。あなたのおとうさまが、この数年来ご自分でつくってお売りになった時計がみんな、不意にとまってしまうのです。たくさんの時計が、親方のところへ持ってこられました。親方はそれらをいちいち注意深く分解しました。そしてぜんまいをちゃんとして、輪列の状態を完全になおしました。そして先生はさらに念を入れてぜんまいを巻いたのです。それなのに、あの先生の腕にかかった時計が、ちっとも動かないのです」

「それは悪魔の仕業です!」と、スコラスティックが叫んだ。

「それはどういうことなの?」と、ジェランドがたずねた。「わたしには、ごくあたりまえのことだと思われますわ。この世のことには、すべて限りがありますもの。人間の手でなにもかもできはしませんわ」

「でもこれには」と、オベールが答えた。「どうしても異常な不可解なことがあるのは、否めない事実なのです。わたし自身先生をお助けして時計の故障の原因をさがしてみたのですが、どうしても見あたらないので、絶望のあまり、何度も道具を投げだしたくらいなんです」

「どうしてまた、そんな道にはずれたお仕事に精をだされるのでしょうかね？・」と、スコラスティックがまた口をはさんだ。「銅でつくった小さな器具がひとりでに動いて時をきざむなんて、自然なことなのでしょうか？　日時計で満足していればよかったんですよ！・」

「日時計を発明したのがカイン[1]だと知ったら、スコラスティックさん、あなただってそうはおっしゃらないでしょうね？・」とオベールが答えた。

「おや、まあ！　それはほんとうですか？・」

「ねえ」と、ジェランドは無邪気に言った。「おとうさまの時計が動きだすように、神さまにお祈りしてみようかしら？・」

「けっこうなことでしょうね」と、若い職人はそれに応じた。

「まあ、ねえ！　お祈りしてもむだでしょうが」と、老女中はつぶやいた。「でも神さま

訳注

1　旧約聖書中で弟アベルを殺した人類最初の殺人者カインのことか？　同じくイザヤ書中にあり、「アハズの日時計」の記録によれば影の方向を刻んだ日時計についての最古の記事と見なされ、前七世紀に属するとされる

だって、こちらの気持だけはわかってくださるでしょうよ」

ろうそくに、ふたたび火がともされた。スコラスティック、ジェランドとオベールとは部屋の床の上にひざまずき、少女は母親の霊魂のために、またこの夜を神聖なものとするために、さらに旅行者たちや囚人たちのために、善人や悪人のために、ことに父親の理由のわからぬ悲しみのために祈った。

それから信心深い三人は、いくらか心の安らぎを得て、身を起こした。なぜならばそれぞれの心の苦しみを神の御胸にゆだねたからだった。

オベールは部屋にしりぞき、ジェランドも彼女の部屋の窓近くに腰をおろして物思いにふけっていたとき、ジュネーヴの街路の最後の灯が消えた。スコラスティックは燃えさしの薪にすこし水をかけてから、表戸の大きな二つの締めがねをおろし、ベッドに身をよこたえたが、すぐに彼女は死ぬほど恐ろしい夢を見たのだった。

そうしているあいだにも、その冬の夜の物すごさはつのるいっぽうだった。川が渦をまいている杭の下にときどき風が吹きこんで、家全体をおののかせた。だが少女は悲しみにしずみきって、父親のことしか考えなかった。オベール・テュンの話を聞いたときから、ザ

カリウス親方の病気は奇怪な様相をおびはじめ、その親しい存在はたんなる機械になってしまって、磨滅した時計の心棒の上をあえぎあえぎまわっているようにしか思えなかった。

とつぜん窓のひさしが突風に激しくあおられて、部屋の窓にぶつかった。ジェランドは身ぶるいし、自分を物思いから我にかえらせたこの音がなんであるかわからないので、はっとして立ち上がった。彼女は気持がおさまったので、窓のわくを押しひらいた。雲はすでになくなって、そのかわりに篠つくような雨が付近の家の屋根に音を立てて降っていた。少女は風にあおられている鎧戸を引き寄せようとして外に身を乗りだしたが、こわくなった。雨と川とがその荒れ狂う水を集めて、家の板をいたるところでみしみしいわせ、このぼろ家を呑みこむように思えたからだった。彼女は、部屋から逃げだそうとした。が、そのとき彼女は目の下に、ザカリウス親方の仕事部屋から洩れているにちがいない灯の反映がうつっているのに気づいたのである。そして瞬間あたりの風雨がやんで静かになると、うめき声が彼女の耳に聞こえてきた。彼女は窓を閉めようとしたが、うまくいかなかった。風がまるで家のなかに押し入った盗人のように、力強く窓を押しやっているからだった。

ジェランドは恐ろしさのあまり、気が狂いそうだった！　父親はいったい、なにをしているのだろうか？　ドアをあけると嵐のあおりで、ドアは彼女の手から離れて、ばたんと閉まった。そのときジェランドは、まっ暗な夕餉の食堂にいたのだが、手さぐりでやっと父親の仕事部屋に通じる階段に出ると、死人のような青ざめた顔をして、階段をすべりおりた。

老時計師は、川の音が鳴りひびいている部屋のまんなかに立っていた。髪を逆立てたその姿は、いかにも気味が悪かった。彼はなにものも目に入らず、なにものにも耳をかさないで、ひとりで話しつづけ、手足を動かしていた！　ジェランドは、戸口に立ちすくんだ。

「もはや死だ！」ザカリウス親方はにぶい声で口ばしっていた。「もはや死だ！……世界じゅうにわたしの存在を知らしめてしまったいまとなっては、生きていたとてなんになろうか！　なぜならば、わたしがつくったこれらすべての時計のつくり手はこのわたし、ザカリウスなんだからな！　鉄や銀や金側の一つ一つの時計に、わたしは自分の魂の一部分を与えてきたんだ！　これら呪われた時計の一つが止まるたびごとに、わたしは自分の心臓の鼓動が止まるのを感じる。なにしろそれらはわたしの心臓の鼓動に合わせて調整されてあるんだからな」

このような不可解なことを口走りながら、老人は仕事机をじっと見つめていた。そこには念を入れて分解された一つの時計の部品が残らずならべてあった。彼は内部ががらんどうな円筒形の部品を手にとった。それは発条筒と呼ばれるもので、内部にぜんまいが仕組まれてあった。彼はそこからはがねのぜんまいを引きだしたが、それは弾力の法則どおりに延びきらずにくるくるっとまるくなり、まるで惰眠をむさぼるマムシといったふうだった。それは長いあいだに血が凍って手足がなえた老人のように、硬直しているようだった。ザカリウス親方はやせほそった指で、そのぜんまいを引き延ばそうと躍起になって試みたがだめだった。それは大きな影絵となって壁にうつしだされたが、うまくいかず、まもなく怒りの発作にかられた彼は、恐ろしい叫び声をあげると、ぜんまいを覗き穴からローヌの渦巻のなかに投げこんだ。

ジェランドは釘づけになったまま、息をころしてじっとしていた。父親のもとへ駆けよりたかったが、足が動かなかった。めまいがして、くらくらっとした。するととつぜん暗闇のなかから一つの声が、彼女の耳元でささやいた。

「ジェランドさん！　お嬢さん！　ご心配で眠れないんですね！　どうか、お部屋におひきとりください、夜は冷えますからね」

「オベール、あなたも、あなたも起きてたのね！」

「あなたがご心配なさってるのに、どうしてわたしが平気でいられましょうか！」

このようなやさしい言葉を言われて、少女の胸はほのぼのと熱くなった。彼女は職人の腕に身をもたせかけて、こう言った。

「おとうさまは、ご病気なんだわ、オベール！　あなただけがそれを治せるのよ。娘のあたしがいくらお慰めしても、あの心の悩みはいやされませんわ。ごく自然な事故に、お心を悩ましていられるんですもの。あなたがおとうさまとご一緒に時計の修繕の仕事をなさってくだされば、おとうさまもきっと正気におもどりになれますわ。オベール、おとうさまのお命は、時計の寿命と一緒になっているのではなくって？」と、ずっと動揺しきったまま彼女はつけ加えた。

オベールは答えなかった。

「でも、おとうさまのお仕事って、神さまに見放されたお仕事なんですの？」とジェランドは、ふるえ声でたずねた。

「ぞんじません」と職人は答えて、少女のこごえきった手を自分の掌であたためてやった。「それはそうと、お部屋にお引きとりください、おかわいそうなジェランドさん。おやすみになれば、またいい考えが出ますよ」

ジェランドはゆっくりと、部屋にもどった。そして夜が明けるまでまんじりともしないで、そのままでいた。一方ザカリウス親方は、あいかわらず無言のまま身動きもしないで、川が足元で音を立てて流れていくのをじっと眺めていた。

2 科学の思いあがり

そのジュネーヴの商人がいかに商売にかけてきびしいか、それは一般の知るところであった。まさに誠実そのもので、極端に廉直だった。だから自分が精魂かたむけてつくった時計があちこちから手許にもどされてくるのを見て、ザカリウス親方がどんなに恥じいったかは想像されるであろう。

ところで、時計がこれというはっきりした理由もないのにとつぜん止まってしまうのは、たしかなことだった。時計の輪列は良好で完全に嚙みあっているのだが、ぜんまいがすっかり弾力を失っていた。時計師はぜんまいを取りかえてみたが、すこしも効果はなかった。歯車が動かなかった。このわけのわからぬ故障のために、ザカリウス親方の評判はすっかりだめになってしまった。これまでにも彼のすばらしい時計が悪魔の仕業だという風説はなんどかあったが、それがこんどのことでゆるぎのない事実になってしまったのである。こうした噂はジェランドの耳にも達したので、彼女は人びとが悪意のこもった眼で父親を見つめると、その身を気づかってはらはらするのだった。

とはいえ、そのような苦悶の一夜が明けるとザカリウス親方はいくらか希望を取りもどしたようすで、ふたたび仕事にとりかかった。朝の太陽が、彼を勇気づけたのだった。オベールが彼の仕事部屋に姿をあらわすと、彼は愛想よく迎えたのだった。老時計師は言った。

「けさは調子がいい。昨夜はなんだか得体のしれない頭痛がしたが、お日さまがすっかり暗雲を取りはらってくれたよ」

「ほんとうに、先生！」と、オベールは答えた。「夜って、先生にとっても、わたしにとってもいいことなしですものね！」

「おまえの言うとおりだよ。オベール。おまえもそのうち年をとると、太陽が食べ物と同じくらいに大切なものであることがわかるだろうよ。大学者といったって、一般の人びとの称賛に身をさらさなくてはならないものね」

「親方！　それはいつも親方のくせである思いあがりではないでしょうか？」

「思いあがりだって、オベール！　わたしの過去がなくなり、現在が消え去り、未来が存在しないことになれば、わたしだって人に知られずに生きていけるだろう！　わたしの技術がどんなに崇高な事柄にかかわっているかを理解できないとは、おまえも哀れなやつだな！　ではおまえは、わたしのたんなる道具でしかないのかな？」

「でも、ザカリウス親方」と、オベールは言い返した。「わたしは腕時計や掛時計のもっとも精巧な部分品をたいへんうまく組み立てたと、なんども親方からお誉めのお言葉をちょうだいしたではありませんか！」

「もちろんおまえは、オベール」と、ザカリウスは答えた。「有能な職人だし、わたしは好意をいだいている。だがおまえは仕事をしているとき、手にしているのは金であり銀であり銅であるとしか思っていない。これらの金属がわたしの才能によって生命を与えられ、生き身の人間のように脈うつのをおまえは感じないのだ。だからおまえは、自分のつくったものがだめになっても、そのためにおまえが死ぬようなことはないだろうよ」

ザカリウス親方はこう言うと、だまってしまった。だがオベールは、なおも語りつづけた。

「ほんとうです！　親方がこうやって休みなくお仕事をなすっていらっしゃるお姿を拝見するのは、大好きです！　組合のお祭りには間に合いそうですね。クリスタルの時計の製作は、はかどっているようですものね」

「そうだとも、オベール」と、老時計師は声を張りあげて言った。「ダイヤモンドくらいの硬質のものを細工したことは、わたしとしてもやはり名誉なことだろうね。ほんとに！ルイ・ベルゲンがダイヤモンドに関する技術を完成しておいてくれたおかげで、どんなに硬い鉱石でも磨いたり穴をあけたりできるのだ」

このときザカリウス親方は、精巧な細工をほどこしてカットしたクリスタル製の時計の小さな部品を手にしていたのだった。この時計の輪列、心棒、そしてその側《がわ》もすべてこの物質からできていて、この困難きわまる製作にあたっては、彼は想像以上の才能を発揮したのだった。彼は頬をあからめながら、また語りつづけた。

「この時計が透明な外側からすかし見て、それが脈うっているのを見ることができるとは、なんとすばらしいことではないか！」

「一年に一秒も狂いがないと、わたしは賭けてもいいです」と、若い職人は答えた。

「その賭は、だいじょうぶおまえの勝ちさ。わたしは自分自身の精魂をこめてつくったのだからな。わたしの心臓が狂ったりしてたまるものかね？」

オベールは、親方に視線をあえてそそごうとはしなかった。老人は沈んだ口調でつづけた。

「正直に言ってくれ、おまえはわたしのことを気違いだと思わなかったかね。ときどき、とんでもない気違い沙汰をしでかす男だと思ってはいないかね。ねえ、そうなんだろう。わたしはおまえと娘の目のなかに、なんど自分の断罪を読んだことか！」それから声を高めて、苦しそうに言った。「ああ！　この世でもっとも愛している人たちにも、わかってもらえないのか！　だが、オベール、おまえにはわたしが正しいことを、はっきりとわからせてやるぞ！　びっくりしたあげく、頭をゆすらぬようにしたらいい！　おまえがわたしの話を聞いて、わたしの気持がわかる日がくれば、わたしが生命の秘密を、魂と肉体との神秘的な結合の秘密を見いだしたということを、おまえはわかるだろうよ！」

こう言いながらザカリウス親方は、傲慢そうに胸をそらせた。その眼は超自然的な光で輝き、その血管は思いあがりでふくらんでいた。じじつ、ザカリウス親方が思いあがったにしても、それも無理はないと言えたであろう！

ほんとうのところ、ザカリウス親方が出るまでは、時計の製造技術は幼稚な段階にあるといってよかった。紀元前四〇〇年にプラトンがフルートの音と演奏とによって夜の時間を知らせる一種の水時計を考案して以来、技術はほとんど進歩していなかった。時計職人たちは機械よりも細工にこって、チェリーニ[2]の水差し時計のように、こった彫刻がほどこされた鉄や銅や木や銀の美しい時計がつくられた。それらは彫金術の傑作ではあったが、時の刻み方はたいへん不正確だった。それから芸術家の想像力がもはや造形美の完成のほうに向かわなくなると、こんどは動く人形や音楽の鳴る仕掛の時計をつくりだす工夫がこらされた。それに第一あの時代にあっては、誰が正確な時計の歩みを求めたであろうか。執行猶予日もなかったし、物理学や天文学にしても、正確無比な尺度による計算を確立してはいなかった。定刻に閉まる店もなかったし、秒きざみで出発する列車もなかった。夜になると消燈を告げる鐘が鳴り、寝しずまった深更に時を告げる叫び声が起こった。もしも人生の意義が成された仕事の量ではかられるとしたら、たしかに当時は時間が有効には使われていなかった。だが生活は充実していたと言えよう。人びとの心は傑作をゆっくりと鑑賞することによって高貴な感情をやしない豊かにし、作品も粗製濫造されるようなことはなかった。一つの教会を建てるのに二世紀もかかり、画家は生涯に数枚の絵しか描か

2　イタリアの彫刻家、金工家、文学者、一五〇〇—一五七一年。ルネッサンス後期のフィレンツェ派に属し、多くの彫刻や装飾の仕事をした。また波瀾に富んだ自叙伝を書いた

ず、詩人はすぐれた一篇の詩しか残さなかった。しかしそれらはいずれも傑作で、何世紀にもわたって評価された。

精密科学が進歩しはじめると、時計の製造技術もそれにともなった。とはいえ乗りこえがたい困難が、その行く手をはばんでいた。時間を規則正しく、しかも休みなく刻むことである。

ザカリウス親方が時計のがんぎ車を発明したのは、こうした沈滞した時期の最中だった。振り子のゆれをある恒常的に動く力にゆだねる仕掛けによって、数学的な正確さが得られることになった。だがこの発明が、老時計師の頭を狂わせてしまったのである。温度計の水銀が昇るように、彼の高慢心はその心のなかでつのって、ついに気違いじみた考えを抱くようになったのだった。類推法によって物質主義者になってしまった彼は、時計をこしらえることによって霊魂と肉体との結合の秘密をつかんだと、思いこんでしまったのである。

その日もオベールが自分の言うことを注意深く聞いていると見てとると、彼は飾り気のない確信のこもった口調で、このように語った。

「おまえは、生命とはどういうものだか知ってるかね。これらのぜんまいの働きが生命を生みだすことを、おまえはわかっているのかね？　おまえは、自分の体内を見きわめたことがあるかね？　ないんだろう。だが科学の目をもってすれば、神の創造なされたものとわたしのつくったものとのあいだに密接な関係が存在していることがわかるはずだが。なぜならわたしの時計の輪列の仕掛けは、神の創造されたものを真似してつくってあるのだから」

「親方！」と、オベールは激しい口調で言い返した。「銅やはがねの機械を、霊魂と呼ばれる神の息吹きにたとえたりしてよろしいのでしょうか？　微風になでられた花が生気を与えられるように、神の息吹きを受けて、はじめて肉体がいきづくのではないでしょうか？　目に見えない歯車が存在して、われわれの手足は動くのでしょうか？　いかなる部品もきちんと組み立てられているからといって、それがわれわれに思考力を与えてくれるのでしょうか？」

「それは、この問題とは関係ないよ」と、ザカリウスはやさしく答えた。しかしその口調には、深みに向かって進んでいく盲人の頑固さがうかがわれた。「わたしの話をわかってもらうためには、わたしがなぜがんぎ車を発明したか、その意図を思いおこしてほしい。時計が不規則にしか動かないことがはっきりしたとき、時計それ自身がもっている仕掛けだけでは不充分なので、それとは違ったほかの規則的な力による必要があると、わたしは見てとったのだ。振り子の振動を調整することにさえ成功すれば、振り子がその役をはたしてくれるものとわたしは考えた！　そこでわたしは、振り子の失われた力を、その振り子が調整する役目の時計自身の仕掛けで回復させるということを考えついたのだ。どうだね？」

オベールは同意のしるしを見せた。老時計師は、なおも興奮して言いつづけた。

「さてオベール、きみ自身のからだをちょっと見てごらん。われわれのからだには、二つのはっきり違った力があることに気づかないかね？　霊魂のそれと肉体のそれ、つまり時計の仕組みと緩急針とだ。霊魂は生命の根源だから、仕組みと言えよう。それを動かすのが重力にせよ、ぜんまいのようなものか、あるいは非物質的な影響力によるにせよ、いずれにしてもそれは心臓に位置している。しかし肉体なくしては、その動きは不規則で、不ぞろいで、だいいち動きの態をなさなくなってしまう。したがって肉体の役目は霊魂の動きを調整することであって、振り子同様に規則的な振動をつづけることだ。この比喩が当を得ている証拠には、飲んだり食べたり眠ったりというからだの機能が適当に調整されていないと、体調がよくないことでもわかるだろう。それと同様にわたしの時計にしても、霊魂が振動によって失われた肉体の力を回復させる仕組みになっているんだ。ところで、この肉体と霊魂とを緊密に結びつけているものは、なんだと思う？　片方の輪列の仕掛けをもう一つの輪列の仕掛けと組み合わせているあのすばらしいがんぎ車ではないかね。そこがわたしの洞察力のしからしむるところで、また応用力のすばらしいところなんだ。わたしにとってこの世にはもう秘密はないのであって、この生命とは、結局は精巧にできあがった機械仕掛けでしかないのだよ！」

このような生命の奥義にかかわることがらを口走っているザカリウス親方の姿は、見るも崇高なものだった。しかし娘のジェランドは、戸口の敷居の上で、この話をすっかり立ち聞きしていた。彼女は父親のもとに駆けよると、その腕のなかに身を投げいれた。ザカリウスは彼女をしっかり抱きしめて、たずねた。

「どうしたのかい、娘や？」

彼女は胸に手を当てて答えた。

「もしここにぜんまいしかないのでしたら、あたしはおとうさまをこんなに愛したりできませんわ」

ザカリウス親方は娘の顔をじっと見つめたままで、なんとも答えなかった。

とつぜん彼は叫び声をあげて胸をかきむしり、古い革製の肘掛椅子にくずれ倒れた。

「おとうさま！　どうなさいましたの？」

「来てください、スコラスティックさん！」と、オベールは叫んだ。

だがスコラスティックは、すぐには駆けつけてこなかった。玄関の叩き金《ノッカー》を誰かが叩いたので、彼女はドアを開けに行っていたのである。彼女が仕事部屋へもどってきて口を開くより先に、意識を回復していた老時計師は言った。

「スコラスティック、おまえはまたこわれた時計を一つ持ってきたのだろう！」

「おや！　まあ！　おっしゃるとおりで」とスコラスティックは答えて、時計を一つ、オベールに手渡した。

「わたしの勘は間違っていない！」と、老人は溜息をついて言った。

そうしているあいだにオベールは、細心の注意をはらって時計を巻きなおしてみたが、それはもう止まったきりで、どうしても動かなかった。

3　ふしぎな来訪者

哀れなジェランドは、彼女をこの世に結びつけているオベールに対する思慕の情がなかったならば、彼女の生命にしても父親の生命とともに消えはてると思ったであろう。

老時計師は、しだいにからだが衰えていった。彼はただ一つの考えに意識を集中していたために、彼の能力は目に見えて減じていった。いまわしい連想作用のために、彼はすべてを自分の偏執狂に結びつけてしまい、この世の生活は影をひそめて、そのかわりに超自然的な存在の強力な媒介者としての生活がなされていた。そこで幾人かの悪意のある商売がたきは、ザカリウス親方の仕事は悪魔の手になるものだと言われていた昔の風評を、またもや言いふらしはじめたのである。

ザカリウス親方の時計が納得のいかない故障で動かなくなるということが知れわたると、ジュネーヴじゅうの時計づくりのあいだに異常な反応をおよぼした。その時計の輪列がとつぜん止まるのはどういうわけか、そうした故障がザカリウス親方の生命とのあいだに何かがあるように見える奇妙な関係はどういうことなのか？　このような不可解な神秘に接して、ひそかに恐怖にかられぬものはなかった。この老時計師の時計を使用している町のあらゆる階級の人びと、徒弟から領主に至るまで、誰もこの奇妙な事実をその目でたしかめることができた者はいなかった。みんなはザカリウス親方に会おうと思ったが、できなかった。親方は重態だった。さいわい娘のジェランドが必ず非難や譴責に終わるにちがいないこれらの相つぐ訪問者たちをことわっていたのだった。

この原因不明の器官の衰弱については、医薬も医者も効きめはなかった。老人の心臓はときどき鼓動を止めるようにみえ、それがふたたび打ちはじめたときには、あまりに脈搏が不整なので心配だった。

そのころからして、時計づくりの製作品を一般の鑑賞に供する習わしがあった。さまざまの手工業の親方たちがその製作品の目新しさや完璧さで抜きん出ようと競うわけだが、彼らのあいだにザカリウス親方の容態に対する同情が少なからずあったとしても、その同情にはおもしろがっているふうが見えた。彼の競争相手たちは、彼がもはや恐るるに足らずと見たので、それを承知のうえで同情を示していたのだった。彼らはいままでも、老時計師が動く人形つきの豪華な柱時計や、音楽の鳴る懐中時計を展示して一般の称賛を博し、フランスやスイスやドイツの町でえらい高値で売られたことを覚えていたのである。

こうしてジェランドとオベールとがつきっきりで介抱したおかげで、ザカリウス親方の健康はすこし持ちなおしたようで、そうやって健康の回復を静かに待っているあいだに、執念深くつきまとっている考えを振りはらうことができた。父が歩けるようになるとすぐに娘は、父を外に連れだした。家に苦情をもってくる顧客が、ひっきりなしにやってきたからだった。オベールは仕事部屋に閉じこもって、動こうとしない時計を何度も分解して組み立てなおしてみたが、いっこうに役立たなかった。どうしていいかさっぱりわからないので、ときどき哀れな青年は頭を両手でかかえこんで、自分も師同様に気が狂うのではないかと不安になった。

散歩のときジェランドは、父親を町でももっとも景色のいい方面へ連れていった。あるときはザカリウス親方に腕を貸して、コロニーの丘や湖水を見わたせるサン＝タントワーヌ広場へ行った。ときどき天気のいい朝などには、ビュエ山の巨大な峰々が地平線にそびえ立っているのが望まれた。ジェランドは、記憶力があぶなくなった父親がほとんど忘れてしまったいろいろな場所の名前を教えてやった。すると父親は子どものように喜んで、忘れていた場所の名を、また覚えこむのだった。ザカリウスは娘に寄りかかっていたので、この二人の白髪と金髪とは、同じ太陽の光を受けて、同じように輝いていた。

老時計師はどうやら、この世に自分ひとりだけで生きているのではないことに気づいたようだった。彼は自分が年をとって弱ってきているのに、娘が若くて美しいのを見て、自分が死んだ後は、娘が身寄りもなくひとりきりになってしまうと考えた。そして自分や娘の周囲を見まわした。多くのジュネーヴの若い職人が、ジェランドに求婚していた。だが誰一人として、時計師の一家が住んでいる人の出入のない閑居にやってきた者はなかった。それゆえ頭のはっきりしているときには、老人の選択がオベール・テュンの上におちたのは、ごく自然なことだった。一度そのような考えで見ると、この二人の若い男女は同じような考え、同じような信念のもとに育てられていたことがわかり、いつか彼がスコラスティックに語ったように、二人の心の振動は〈等時性〉であるように思われた。

老女中はその言葉の意味こそわからなかったが、すっかりこの言葉が気に入ってしまって、一五分とたたないうちに町じゅうにひろめてみせると、守護聖人にかけて誓った。ザカリウス親方はやっとのことで彼女の気持をしずめることができて、このことを言いふらさないようにするという約束を取りつけたが、彼女にしてみれば、そんな約束などは守る気はなかったのだ。

そんなわけでジェランドとオベールが知らないうちに、二人が近いうちに結婚するという噂はジュネーヴじゅうにひろまっていた。ところがそのような噂を人びとが話し合っていると、よく気味の悪い冷笑が起こって、こういう声を耳にするのだった。

「ジェランドとオベールは、結婚なんかしないだろうよ」

おしゃべりしている連中が振りかえってみると、そこに彼らの知らない一人の背の低い老人がいるのだった。

この奇妙な人物は何歳ぐらいになるのだろうか？　誰も正確なことを言うことはできなかった！　およそ何世紀前からも生存していたにちがいないということは推測できた。だが、それだけのことだった。ひらべったい大きな顔が肩の上にのっかっていて、肩幅は背丈と同じくらいの大きさがあった。それに背丈は一メートルもなかった。もしこの人物を振子時計をのせる台の上にのせたら、さぞかしぴったりすることだろう。なぜならば文字盤はそのまま顔の上にはまるだろうし、振子はらくらくと胸の上で揺れるだけの余裕があったからである。鼻は日時計の指針と考えてもおかしくないほど、うすくとがっていた。隙間だらけの歯ならびは、下歯に上歯が接して動き、まるで歯車が嚙み合うように口のなかで歯ぎしりしていた。その声は呼鈴のように金属的な音をひびかせ、その心臓は時計の振子がチックタックいうように鳴っていた。この小男は腕を文字盤の上の針のように動かし、ぎくしゃくした歩き方で、来た道を引き返そうとはけっしてしなかった。あとをつけてみると、一時間に四キロ歩いて、その行程はほぼ円周を描いていた。

この奇怪な人物がこのように町を歩きまわりはじめた、というよりも町を巡回しはじめたのは、ごく最近のことだった。ところがこの男が、毎日太陽が南の子午線を過ぎる瞬間にはサン＝ピエール寺院の前で足をとどめ、正午を告げる一二の鐘の音を聞いたあとでまた歩きだすということは、すでに誰でもが知っていることだった。この毎日きまった瞬間を別にすれば、人が老時計師についてなにか話しているときには、どこへでもきまってこの男が姿を見せるように思われるので、いったいこの男とザカリウス親方とのあいだにどのような関係があるのかと考えて、人びとは恐ろしくなった。それに、老人と娘とが連れだって歩いているときには、きまってこの人物がそのあとをつけているのが見られたのである。

ある日ジェランドは、トレーユ通りで、この怪人物が自分のほうを見て笑っているのに気づいた。彼女は恐怖のあまり、父親にしがみついた。

「どうしたんだね、ジェランド?」ザカリウス親方がたずねた。

「よくわからないわ」と、娘は答えた。

「顔色を変えて、どうしたんだい! こんどはおまえが病気になる番かな?」それから悲しそうな微笑を浮かべて老時計師はつけ加えた。「まあ、いいさ、こんどはわたしが看病するよ、だいじに看病してあげるよ」

「いいのよ、おとうさん! なんでもないの。ちょっと寒気がしただけなの、それに、ちょっと……」

「なんだね、ジェランド?」

「あの男が、ずっとあたしたちのあとをつけて来るんですもの」と、彼女は低声で言った。

ザカリウス親方は、小柄な老人のほうを振り向いた。そして、さも満足そうなようすで言った。

「こりゃあ、調子がいいぞ。ちょうど、いま四時だものな。なにもこわがることはないよ、娘や。あれは人間じゃない、時計なんだから!」

ジェランドは、恐怖にかられて父親を見つめた。どうしてザカリウス親方はこの奇妙な人物の顔に時間を読みとれることができたのだろうか? 老時計師は、もはやこの事件には関心がないように、言葉をつづけた。

「それはそうと、ここのところオベールを見ないが」

「でも、家にはおりますわよ」と、ジェランドは答えた。オベールのことを考えると、顔色がずっとはればれしてきた。

「なにをしているんだい?」

「仕事をしていますわ、おとうさま」

「ああ!」と、老人は叫んだ。「わたしの時計の修繕をしているのかね? だが、それはいくらやってもできないだろうよ。なにしろ修繕したってなおるもんじゃないからね。必要なことは生きかえらすことなんだから!」

ジェランドは、だまったままだった。老人はなお言いつづけた。

「また呪われた時計がどのくらい家に持ちはこばれたかどうか確かめてみなくては。悪魔めが、あんなふうに悪い病気をはやらせたんでな」

こう言い終わるとザカリウス親方は、家に帰り着くまでまったく口をきかなかった。そしてからだが回復してから、はじめて仕事場へ降りていった。一方ジェランドは、悲しそうに部屋にもどった。

彼が仕事場のドアを押しひらいたとき、壁にかかっているたくさんの時計の一つがちょうど五時を打った。ふつうだと、これらの時計のそれぞれ違った音色が、みごとに調整されているので同時に鳴りひびき、その一致が老人の心を晴れやかにしたものだった。だがその日は、すべての時計の音色がつぎつぎと鳴りひびき、そのために一五分間というもの、音の連続に耳がつんぼのようになってしまった。ザカリウスはひどく苦しそうだった。彼はじっとしていることができず、つぎつぎと時計の前に行っては、ちょうどオーケストラの楽員を制御できなくなった指揮者といったふうに、拍子をとっていた。

その最後の時計の音が鳴りやんだとき、仕事場のドアが開いて、彼の目の前にあの小柄な老人が現われ、彼をじっと見つめてこう言ったときには、思わず頭のてっぺんから足の先までぞおっとした。

「親方に、ちとお話ししたいことがあるんですが？」

「きみは誰だね？」ぶっきらぼうに時計師はたずねた。「お仲間ですよ。太陽を調整する役をわたしはしてるんでね」

「ああ！　太陽を調整しているのはきみなのか？」ザカリウス親方は眉一つ動かさずに、激しい口調で言いかえした。「では言うが、わたしとしては、きみに賛辞を呈するわけにはいかんよ！　きみの太陽の調子はよくないからね。太陽と調子を合わせるためには、われわれの時計を進めたり、おくらせたりしなければならないものな！」

「悪魔の足にかけても！　先生のおっしゃることはもっともです！」と、その奇怪な人物は叫んだ。「わたしの太陽は先生の時計と同時に、いつも正午をさすとはかぎりません。しかし、そのうちいつか、それは地球の公転が不規則だからとわかって、その不規則を是正するところの平均した時間の正午がつくりだされるでしょうよ！」

「そんな時代が来るまで、わたしは生きていられるだろうかね？」老時計師は目を輝かしてたずねた。

「おそらく」と、その小柄な老人は笑いながら言いかえした。「あなたは、けっして死ぬようなことはないと信じることが出来ますか？」

「ああ！　だがわたしは、重病なんでね」

「じつは、そのことでお話があるんで。ベルゼビュート[3]にかけて！　それが、あなたにお話ししたいと思っていることなのです」

　そう言いながらこの奇怪な男は、無造作に革の古い肘掛椅子に飛びのって、足を組み合わせた。それはちょうど葬儀用の鯨幕を描く画家が死人の頭蓋骨の下に肉のおちた骨を組み合わせて描く、あのやり方であった。それからその男は、皮肉たっぷりに言いつづけた。

「ところでザカリウス親方、この穏やかな町であるジュネーヴに、いったい、どういうことが起こっているのでしょうか？　あなたの健康が思わしくなく、それにあなたの時計が、また医者を必要としているというじゃありませんか！」

「ああ、きみは！　わたしの生命と時計とのあいだに離れがたい関係があるとでも思っているのかね！」と、ザカリウスは叫んだ。

3　俗悪な神で、新約聖書では悪魔の申し子

「わたしに言わせれば、あれらの時計は欠点だらけで、悪習に染まっているとさえ思いますね。あいつらは規則正しい品行をもてないんですから、やつらの放埒の結果として罰を受けるのもやむをえないでしょう。ですからやつらにしても、もうすこし身をつつしむ必要があるだろうと、わたしは思うんですがね」

「欠点だらけとは、どういうことかね?」とザカリウス親方は、相手の言葉のなかに含まれている皮肉たっぷりな口調に顔をあからめながらたずねた。「あれらが自分たちの生まれを得意になっているのは当然のことではないかね?」

「べつに当然ではありませんね! べつに、そんなことはありませんよ!」と、背の低い老人は答えた。「たしかにあれらは有名な名前を持っているし、文字盤には有名な名前が彫ってあるし、またたいへんな高貴な家のなかに入りこむ特権をもっていることも事実です。しかししばらく前から調子が狂っていて、ザカリウス親方とも言われているあなたでさえも、手のほどこしようがないではありませんか。こうなれば、ジュネーヴのもっとも下手くそな徒弟だって、あなたより腕が立つことになるでしょうね!」

「このわたしが! ザカリウス親方ともあろう者が!」と、老人はたいへん傲慢な身ぶりを見せて叫んだ。

「そうですとも、ザカリウス親方だって、あなた自身の時計に生命を与えることができなければね！」

「だがそれは、わたしに熱があって、時計にも熱があるからさ！」と老時計師は答えたが、冷汗でからだじゅうがぐっしょりだった。

「そうですかい！　では時計は、あなたと運命をともにするってわけですね。なにしろあなたには、ぜんまいにごくわずかの弾力性を与える力さえないんですからな！」

「死ぬなんて！　そんなことはない、あんたは、いま言ったばかりじゃないか！　わたしは死ぬなんてことはないと。わたしは、世界一の時計師なんだ。こうしたいろいろな部品や輪列を使って、時計の運行を絶対に正確に調整したのは、いったい誰なんだね。時間というものを正確さという法則に従属させたのは、このわたしではないかね。そのわたしが、時間を思うままに支配しえないだろうか？　一人のすぐれた天才が現われて、宙に迷っている時間というものを規則正しく調整しなかった以前には、なんと広大な虚空のなかに、人間の運命は埋没していたことか！　人生の諸行為を、どのような確実な時間に結びつけることができたであろうか！　だがきみは、きみが人間であるか悪魔であるかいずれにしろ、あらゆる科学の知識を自由自在に駆使したわたしの技術のすばらしさを、いままで考えてはみなかったのかね。いや！　いや！　このわたしが、ザカリウス親方ともあろうものが、死ぬなんてことはありゃしない。なぜならば、時間を規正したのはこのわたしなのだから、時間はわたしとともに終わるだろうよ！　時間はわたしの天才がそれを引きだしてきた無限のなかに逆もどりし、虚無の深淵のなかにさまよいこんで、二度ともどってこないだろうよ！　いや、わたしは、この宇宙を自己の法則のもとに従属せしめた創造主にもまして、死ぬなんてことはありえない！　わたしは創造主同様のものになって、その力をともに分かちもつんだ！　神が永遠を創造したとするなら、ザカリウス親方は時間を創造したんだ」

このときの老時計師は、創造主に対して昂然といどむ堕天使に似ていた。背の低い老人は彼をしげしげと眺めて、その不敬な激昂ぶりをあおっているようだった。彼は言った。

「よくぞ申されました、親方！　ベルゼビュートだってあなたほどに、神と自分とを比較する権利はもっていませんものね！　あなたの名誉は滅ぶべきではありません！　ですから、あなたの召使であるこのわたしが、あれらすべての反抗的な時計どもを手なずける方法をおつたえしましょう」

「それはどんな手だね？　どんな手段だね？」ザカリウス親方は、大声できぎかえした。

「あなたが娘さんをわたしにくださったなら、そのあくる日にその手段を教えてしんぜよう」

「わたしのジェランドをか？」

「さよう、あの人を！」

「娘には好きな男がいる」とザカリウス親方は、この頼みにべつに腹を立てたようすもなく、また驚いたようすも見せずに答えた。

「へえ、そうですか！……あの人は、あなたのつくった時計に劣らずよいものですがね……でも、そのうち、同じように止まってしまうでしょうよ……」

「わたしの娘、わたしのジェランドが！……ばかも休み休み言え！」

「では、よろしい！　時計の修繕に精をだしなさい、ザカリウス親方！　さあ、組み立てたり分解したりなさったらいい！　娘さんと職人との結婚準備にかかりなさいよ！　最良のはがねでつくったぜんまいに焼きをいれたらいい！　オベールと美しいジェランドを祝福したらいいんですよ。ですが、いいですか、これだけは覚えておいてくださいよ、あなたの時計は絶対に動かないし、ジェランドはオベールと結婚しないだろうっていうことをね！」

　こう言いおえて、背のちんちくりんの老人は出ていった。だがゆっくりと出ていったので、ザカリウス親方はその心のなかで六時を打つ音をはっきりと聞くことができたのである。

4　サンピエール寺院

そうしているうちに、ザカリウス親方の心もからだも、だんだんと弱っていった。ただ異常な興奮にかられて、いままでになく激しく時計の仕事に打ちこんでいたので、彼の娘にしても、もはや父親の気をまぎらすことはできかねた。

あの奇怪な訪問者が陰険にも彼をあおりたてて思いあがらせてからというもの、彼の傲慢はいよいよつのるばかりだった。彼は彼の時計と彼自身の身の上に重くのしかかってい る忌まわしい力を、自分の天賦の才で払いのけようと決心した。まず彼は、自分の手に成った町中の時計を訪ねてまわった。細心の注意を払って、時計の輪列が良好かどうか、心棒がしっかりしているかどうか、分銅が正確に釣り合っているかどうかをたしかめて歩いたのである。彼は時を告げる鐘にいたるまで、あたかも病人の胸を聴診する医者のような熱意をもって診察した。結果としては、それらの時計がすぐに動かなくなりそうな気配はすこしも見えなかった。

ジェランドとオベールとは、よくこの老時計師のお伴をした。老時計師にとっては、いやな顔ひとつせずに彼についてくる二人を見ることは、うれしいことにちがいなかった。たしかに、自分の生命がこれらの愛する者に受けつがれるべきはずだということを思えば、子どものなかには父親の生命のなにものかが必ず残るのだということがわかったならば、老人も自分の死期が近いということを、それほど気にしなくてもよかったろうに。

老時計師は家に帰ると、熱に浮かされたように夢中になって、仕事に打ちこんだ。うまくいかないことはわかっていても、どうしてもそういうことはありえないように思えたので、仕事場に持ちこまれた時計を、せっせと分解したり組み立てたりした。

一方オベールは、なんとかして故障の原因を突きとめようといろいろと試みたが、その甲斐はなかった。

「親方、どうしても、これは心棒と歯車装置の磨滅としか考えられませんが！」と、彼は言った。

「おまえは、わたしをなぶり殺しにする気かい？」と、ザカリウス親方は激しい口調で言いかえした。「これらの時計は、子どものつくったもんじゃないぞ！　指に怪我をするのを恐れて、これらの銅の部品に旋盤をかけなかったとでも言うのか？　その硬度をさらにいっそう強くするために、わたし自身が鍛錬したではないか？　ぜんまいは、めったに見られないほどの完璧さで焼きを入れたし、それにしみこませる油だって、あれ以上に上質のものを誰だって使いはしないだろう？　これで、おまえもわかったろう、磨滅したなんてことがありえないことが！　悪魔が手を貸しているっていうことが！」

それにまた朝から晩まで満足しない顧客がつぎつぎと押し寄せてきては老時計師に直談判するので、どちらの客から応待したらいいかわからないほどだった。

「この時計はおくれるんで、どうしても時間を合わせることができないんだ！」と、ある者は言った。すると、ほかの者はこう言った。

「この時計はじつは頑固にがんばっていましたがね、まさにヨシュアの太陽と同じで[4]とうとう止まってしまいましたよ」

それにつづいて、多くの不満な客が、口ぐちにこう言った。

「ザカリウス親方、親方の健康があんたの時計の状態に関係があるという話がもしほんとうなら、できるだけ早く病気をなおしてくださいよ」

4　ヨシュアはモーゼの後継者としてカナンの各地に転戦するのだが旧約聖書のヨシュア記第一〇章の、その一二〜一四節に「イスラエルの民その敵を撃ちやぶるまで日は止まり月はやすらひぬ」とある老人はこうした連中をぎょろぎょろした目つきでながめながら、ただ首を振ってみせるか、このような元気のない言葉を返すだけだった。

「春が来るのを待ってください、みなさん！　その季節になれば、疲れたからだも元気になりますから！　太陽が、われわれみんなのからだを暖めてくれることが必要なんです！」

「冬のあいだじゅうずっとわたしたちの時計は病気だなんて、えらい損害だ！」ひどく激昂した一人の男が言った。「ねえ、ザカリウス親方、文字盤には親方の名前が書きこまれてあるんですよ！　いい恥さらしですよ！」

ついに老人はこうした非難に恥じ入って、古い長持から金貨を数枚とりだすと、故障した時計を買いもどそうとしはじめた。こうしたことが知れわたると、お客は群をなして押し寄せ、この哀れな一家の貯金はたちまちのうちになくなってしまった。だが商売人としての信用は、そのために傷つかずにすんだのだった。ジェランドは自分を破産へと追いやるこのような配慮に、心から賛同した。しかしまもなくして、オベールまでが彼の貯えをザカリウス親方にさしだすまでになった。

老時計師はこうした破局のなかにあって、ときには父性愛に目ざめ、「娘はどうなるの

だろう?」とつぶやいた。

オベールは、自分が未来に対して勇気にあふれ、ジェランドに対して献身的な大きな愛を抱いているとは、あえて口に出して言わなかった。ザカリウス親方にしても、そのような父性愛に目ざめた日であったならば、彼を婿と呼び、いまなお耳に残っている「ジェランドとオベールとは結婚しないだろう」という不吉な言葉を否定したであろうが。

しかしながら、そのように買いとりをつづけているうちに老時計師は、まったく財布の底をはたいてしまった。彼の持っていた古代の壺は人手に渡り、巧みな彫刻がほどこされてあった立派な樫の鏡板は壁から取りはずされて売りはらわれた。まもなくしてフランドル派初期の画家の素朴な何枚かの絵が彼の娘の目にふれなくなり、しまいには彼の天才が生みだした貴重な器具までが、弁償するために売り払われた。

スコラスティックだけは、こういうふうに事がはこばれていくのを納得できなかった。だがいくら彼女が頑張ってみても、うるさい客が主人に会いにやってくるのを妨げることはできなかったし、まもなくしてその客がなにか貴重な品物をかかえて出て行くのを見ないわけにはいかなかった。そこで彼女のおしゃべりが、すでに長いあいだ彼女の馴染みになっている界隈の通りという通りで爆発したのだった。彼女は、ザカリウス親方が魔法や妖術を使うという噂を打ち消して歩いたのだった。だが心の底では、彼女はそうした噂を真実であると信じていたので、なんどもお祈りをささげては、主人思いのためにする嘘のつぐないをしていたのだった。

時計師がずっと前から宗教上の義務を怠っていることは、多くの人びとのよく知るところであった。かつては彼もジェランドとともに教会へ行って、祈りのなかに高い知性が味わうあの知的な魅力を見いだしているようだった。というのは、祈りこそ想像力のもっとも崇高な行為であったからだった。老人が宗教上の日課から自らすすんで遠ざかり、それに加えて彼の日常生活が秘密めいていることが、いわば彼の手になる時計が魔術の結果であるという非難を正当化していた。そこでジェランドは、父を神と世間とに連れもどすという二重の目的のもとに宗教に救いを求めることにした。カトリック教ならば、この弱りはてた魂にいくらかの生命をよみがえらすこともできるだろうと、彼女は考えたのだった。だが、この信仰と謙譲とを主体とした教理は、ザカリウス師の心に根ざした打ち克ちがたい自尊心と闘わねばならなかった。その教理はまた、なにもかも自己に還元し、けっして根本原理を生みだす無限の源にさかのぼろうとしない、あの科学の高慢さと衝突せざるをえなかった。

若い娘がその父親の改宗をはかったのは、このような状況のもとにおいてであった。老時計師は娘の熱意に動かされて、つぎの日曜日に行なわれる聖堂の盛大なミサに参列することを約束したのだった。ジェランドはうれしさのあまり、天にでも昇ったような気がした。老女中のスコラスティックも喜びをおさえきれず、自分の主人を不信心だといってなじる悪口雑言に対して、たしかな反証を手に入れることができたのだった。彼女はそのことを隣人にも敵にも知人にも、また見知らぬ人びとにも触れてまわった。

だが、それに対する返答はこうだった。「スコラスティックさん、正直のところわれわれは、あなたのおっしゃることはそのまま信じることはできませんね。なにしろザカリウス親方は、これまで、いつも悪魔とぐるになって行動してきたんですからな」

「それではご主人さまの時計が鳴りつづけている鐘楼はどうなんです?」と、老女中はやり返した。「いくどお祈りやミサの時刻を知らせたことでしょう!」

「そりゃそうでしょう」と、人びとは答えた。「でもあの方は自動的に動く機械を発明なさって、生きてる人間の仕事を機械にさせようとなさったではありませんか?」

スコラスティックはかっとなって言い返した。「それでは、悪魔の申し子たちが、どうしてアンデルナット城のあの鉄時計をこしらえることができるのでしょうか? あれは、ジュネーヴ市の財政をもってしても買いとることができなかったほどの高価なものではありませんか? 一時間一時間にすばらしい金言があらわれ、それを守った信者はまっすぐに天国へ行けるというほどのものでしょう! これでもまだそれを、悪魔の仕業だとおっしゃいますか?」

二〇年前に製作されたこの傑作は、たしかにザカリウス親方の名誉を決定づけたものだった。しかしそのときすでにして、それは悪魔のなせる業だとする非難が一般だったのだ。だがしかし、老人がサン=ピエール寺院にふたたび姿を見せれば、悪口を言う連中を沈黙させるにちがいなかった。

ところがザカリウス親方は、娘にしたそんな約束などはおそらく忘れてしまって、仕事場にもどってしまったのだった。彼は時計を生きかえらすことが不可能だと覚ると、新しい時計をつくることができるかどうか試してみようと決心した。彼は動かなくなった時計はすべて見捨てて、彼の傑作になるはずの水晶時計の仕上げにとりかかった。だが、完全無欠な道具を使用し、摩擦に対して抵抗力の強いルビーやダイヤモンドを使ってつくったというのに、時計は最初にぜんまいを巻いたとき、その掌中でこなごなになってしまったのだ！

老人はこのことを誰にも、娘に対してさえ知らさなかった。だがそのとき以来、彼は急速に元気をなくした。それはさながら、すこしも力が加えられないので振幅度がしだいに小さくなっていく振り子の最後の揺れのようだった。重力の法則が直接老人の身に働きかけて、どうあっても彼を墓場へ引きずりこもうとするかのようだった。

ジェランドがあれほど待ち望んだ日曜日が、ついにやってきた。お天気はよく、すばらしく気持のいい日だった。ジュネーヴの住民たちは落ち着いた足どりで町の通りを歩き、春になったことをたのしげに語り合っていた。ジェランドは老人の腕をだいじそうにとって、サン＝ピエール寺院のほうへ向かった。そのあとを、スコラスティックが祈禱書を手に持って従った。人びとはこうして三人が歩いていくのを、もの珍しそうに眺めた。老人はまるで子どものように、というよりもまるで盲人のように、手をひかれて行った。老人が寺院のなかに入ってくるのを見ると、サン＝ピエールの信者たちは、ほとんど恐怖に近い感情をもって彼を迎えたのである。彼が近よると、身をひくような素振りをしてみせるものもあった。

すでに壮麗なミサの歌声がひびき渡っていた。ジェランドはいつもの席に行ってひざまずくと、一心に祈りをささげた。ザカリウス親方は、彼女の傍らにあって立ったままだった。ミサの儀式は、この信仰の時代にふさわしい荘厳さをもって、はこばれていった。しかし老人は、信仰しようとはしなかった。彼はキリエ[5]の苦悶の叫び声を聞いても神の慈悲を請おうともしなければ、〈栄光神にあれ〉と唱えて、天界の壮麗さをほめたたえるようなこともしなかった。聖書が朗読されているあいだも物質的な夢想から覚めず、クレド[6]のカトリックの宣誓を唱和しようともしなかった。この傲慢な老人は石像のように動かず、無感動で無表情だった。化体[7]の奇跡を告げる鐘が鳴った荘厳な瞬間にあっても身をかがめようとせず、司祭たちが信者の頭上にかかげる神聖な聖体のパンをじっと見つめていた。

ジェランドは父親のほうを見た。涙があふれてミサ典書を濡らした。

そのとき、サン＝ピエール寺院の時計が一一時半を告げた。ザカリウス親方ははっとして、いまなお時をきざんでいる古い鐘楼のほうを見やった。彼には、内側の文字盤がじっ

5　「主よ憐れみたまえ」カトリック教のミサの冒頭句

6　「わたしは信ず」信条がこの語をもって始まるがゆえにこう言うのである

7　聖さんのパンとぶどう酒をキリストの肉と血に変化させること

と自分を見つめているように思われ、時刻をあらわす数字があたかも火の矢で刻まれているかのように輝き、指針がそのとがった先から電気花火を放っているように感じられた。

ミサは終わった。昼のお告げの祈りを知らせる鐘は、正午に鳴るのが習わしだった。祭式をとりおこなう司祭たちは教会の前庭を去らずに、鐘楼の時計が時を告げるのを待っていた。あと数分で、お祈りが聖母マリアの足下に達しようとしていた。

ところがとつぜん、するどい音響がひびきわたった。ザカリウス親方が、叫び声をあげたのだ……。

文字盤の長針が正午に向かってきたのに、とつぜんとまってしまい、正午の時が鳴らなかったのである。

ジェランドは、のけぞり返って動こうとしない父を助けに駆けよった。人びとは彼を教会の外に連れだした。

「致命傷だわ!」ジェランドはむせび泣きながらそう思った。

ザカリウス親方は家にかつぎこまれたが、完全に意識を失ったままでベッドに寝かされ

た。生命はもはや彼の肉体の表面にしか存在しなかった。それはちょうど、消えたばかりのランプのまわりにただよっている煙の名残のようなものだった。

彼が意識を取りもどしたとき、オベールとジェランドがその上にかがみこんでいた。この臨終のときになって、はじめて未来のことが現在の姿を借りて彼の前にあらわれたのだった。娘が頼る者とてなく、ひとりきりになるのを見たのだった。彼はオベールに言った。

「わが子よ、おまえにわたしの娘を託すよ」そう言って彼は、二人の子どもに手をさしのべた。かくて二人は、臨終の床で結ばれたのだった。

だがすぐにザカリウス親方は、怒りの発作にかられて身を起こした。小柄の老人の言葉を思い出したからである。

「死にたくない!」と、彼はわめいた。「死ぬことはできない! ザカリウス親方ともあろうわたしは、死んではならないのだ……そうだ、帳簿だ!……会計簿を見せてくれ!……」

こう言うと彼はベッドから飛びおりて、客の氏名とその客に売った品物が記されてある帳簿のほうへ駆けよった。そして彼は帳簿をむさぼるようにめくり、そのページの一つに肉の落ちた指をとめた。

「これだ！　これだ！……ピットナッチオに売った鉄製の古い時計だ！　これだけがまだわたしの手許にもどって来ない。この時計だけがいまでも存在し、動き、生きているんだ！　ああ！　あの時計が欲しい。あれを見つけだそう！　そしてよく手当てを加えれば、わたしも死神にとっつかれずにすむかもしれない」

そう言って彼は意識を失った。

オベールとジェランドとは、老人のベッドのそばにひざまずいて、ともに祈った。

5 今際のきわ

それから数日間たって、まさに息をひきとろうとしていたその男が、ベッドから起き上がった。異常な興奮にかられて、生命を取りもどしたのである。彼は慢心によって生きていた。だがジェランドは、そのことを見間違えなかった。父親の魂も肉体も永久に失われてしまっていることを知っていたのである。

老人は家族の者などには目もくれずに、最後の力をふりしぼろうと全力をつくしているようだった。彼は信じられないような気力をふるい立たせて、わけのわからぬことをつぶやきながら歩きまわっては、そこらじゅうをひっかきまわしていた。

ある朝、ジェランドが仕事部屋におりていったら、ザカリウス親方はそこにいなかった。一日じゅう彼女は彼を待ちうけた。だがザカリウス親方は二度と帰ってこなかった。

ジェランドは涙にかきくれたが、しかし彼女の父親は姿を見せなかった。

オベールは町をかけまわった。その結果は、老人が町を立ち去ったという悲しい確信を得ただけだった。

「おとうさんを捜しに行きましょうよ」若い職人の口から悲しい知らせを聞くと、ジェランドは叫んだ。

「どこへ行ったんでしょうね？」オベールは自問した。

とつぜん、霊感がひらめいた。彼はザカリウス親方が最後に言った言葉を思い出したのだった。老時計師はもはや、いまだに持ちこまれないあの鉄の大時計のなかでしか生きていないのだ！　ザカリウス親方は、それをたずねに行ったのにちがいなかった。

オベールはこの考えをジェランドに伝えた。

「おとうさんの帳簿を見てみましょう」と、彼女は答えた。

二人は仕事部屋におりていった。帳簿は開いたままで、仕事台の上にのっていた。老人のつくった懐中時計や大時計のうち故障のためにもどってきたものは全部消されていて、たった一つだけ残っていた！

〈時鐘と動く人形つきの鉄の大時計をピットナッチオ氏に売却す。そのアンデルナットの城に取りつけらる〉

それは老女中のスコラスティックがあんなに誉めちぎって話した〈教訓的な〉時計であった。

「おとうさまはそこだわ！」と、ジェランドが大声で言った。オベールがそれに答えた。

「急いで行きましょう。まだ救えるかもしれない！」

「この世の生命はだめだとしても、せめて来世のために役立てば！」と、ジェランドはつぶやいた。

「よかったよ、ジェランド！　アンデルナットの城は、ダン＝デュ＝ミディ渓谷にあるんだ、ジュネーヴから二〇時間で行ける。すぐ行きましょう！」

その晩オベールとジェランドは老女中を連れて、ジュネーヴの湖畔沿いの道をたどった。そしてその夜のうちに二〇キロも歩いた。ベサンジュも、マイヨール家の有名な城のそびえるエルマンスにも足をとめなかった。ドランスの急流をやっとのことで徒渉した。どこにいても気がかりなのはザカリウス親方のことだったが、まもなく彼らは、師の歩いていった跡をたどっているのだという安心感をもつことができた。

翌日、トーノンを過ぎて、夕方にエヴィアンに着いた。そこから四八キロも視界がひらけて、スイスの高地を見わたすことができた。しかし二人の婚約者は、このすばらしい眺めを見ようともしなかった。彼らは目に見えない力に押されて急いだ。オベールは節のたくさんある杖をついて、ときにはジェランドに、ときには老いたスコラスティックに手を貸して、これらの連れを助けるけだかい力を、自分の愛情のなかから汲みとっていた。三人はそれぞれのもつ希望や苦しみを語り合いながら、湖畔とシャレの高地とを結ぶ狭い丘上の、湖面すれすれのいい道をたどった。まもなく彼らは、ローヌ川がジュネーヴ湖にそそぐブーヴレに至った。

この町を出ると彼らは湖水から離れて山道にさしかかったので、疲労が激しくなった。まもなくヴィオナ、シェッセ、コロンベといった僻村をあとにした。そのうちに彼らのひざはがくがくしてきたし、両足は、花崗岩がイバラのように大地に屹立している鋭い山嶺に来たので傷だらけになった。ザカリウス親方の姿は、どこにも見えなかった。

だが、どうあっても師を見つけださねばならなかった。二人の婚約者は、ところどころにぽつんと立っている掘立小屋にも、その付属の建物ともどもマルグリット・ド・サヴォアの所有にかかわるモンテの城にも足をとどめなかった。やっとその日の夕暮れにノートル・ダム・デュ・セックスの隠者の庵にたどりついたが、彼らは疲労のあまり、まさに倒れんばかりだった。その庵はダン＝デュ＝ミディのふもと、ローヌ川から一八〇〇メートルの高さにあった。

隠者は陽がとっぷり暮れたとき、三人を迎えいれた。彼らはもう一歩も歩けない状態なので、どうしてもそこで休息しなければならなかった。

隠者はザカリウス親方については、なんらの消息もあたえてくれなかった。この陰鬱な寂しいところで、生きている親方にふたたび会えるかどうか、それもおぼつかないことだった。夜の闇はこく、山中では風が吹きすさび、なだれが山頂から崩れた岩石を投げ落としていた。

二人の婚約者は炉床の前にうずくまって、隠者に悲しい身の上話を話してきかせた。雪がしみこんだ彼らの外套は部屋の隅でほされ、外では庵で飼っている犬が悲しげに吠え、それが突風の唸りと入りまじった。

「思いあがりのためには」と、隠者は客たちに言った。「善のために創られた天使でさえも破滅しました。それは人間の宿命としてつまずく思わぬ障害なのです。あらゆる悪の源である傲慢に毒された人間にいくら理屈を説いて聞かせても効きめはないでしょう。なにしろ思いあがった人間は、本質的にそういった話に耳を貸さないでしょうからね……いまはただおとうさまのためにお祈りするほかに仕様がありませんね！」

四人がひざまずいて祈っていると、犬の吠え声が一段と激しくなり、誰かが庵の戸を叩いた。

「あけろ、悪魔の命令だ！」

戸は激しく揺すぶられたので開いた。そして髪をふり乱し、目をぎょろりと光らせた一人の男が、ぼろぼろの服をまとって現われた。

「おとうさま！」ジェランドが叫んだ。

その男は、ザカリウス親方だった。

「ここはどこだ?」と、彼は言った。「永遠の世界のなかか！……時間は終わった……もはや時計は時を知らせない……針はとまったままだ！」

「おとうさま！」ジェランドは繰りかえして言ったが、その声があまりに悲痛な感動をおびていたので、老人は生者の世界に立ちかえったようだった。彼は叫んだ。

「ああ、ジェランド、どうしてここへ！　オベール、おまえも一緒か！……ああ、おまえたち二人は、この古い教会で結婚式を挙げるつもりなんだな！」

「おとうさま！」ジェランドは彼の腕をとった。「ジュネーヴの家に帰りましょうよ、さあ、わたしたちと一緒に戻りましょう」

老人は娘の腕を振りはらって、雪が降りつもっている戸口のほうへ行きかけた。オベールが叫んだ。

「ぼくたちを見捨てないでください！」

「なぜ、そんなところへ帰らねばならないのだ？」と、老時計師は悲しそうに答えた。「わたしの生命はすでにそこを去っているし、わたしのからだの一部は永久にそこに埋葬されているではないか！」

「あなたの魂は死んではいない」と、隠者はおもおもしい声で言った。

「わたしの魂だって！……ええ、とんでもない！……時計の輪列は良好だし！……正確に時を刻んでいるのもわかる……」

「あなたの魂は物質ではありませんよ！　魂は不滅なのです！」と、隠者は力強く言った。

「そう……わたしの栄光のようにね！……だが、わたしの魂は、アンデルナットの城に閉じ込められている。もう一度見たいものだな！」

隠者は十字をきった。スコラスティックは、ほとんど意識を失っていた。オベールはジェランドをその腕にささえた。

「アンデルナットの城には、悪魔に魂を売り渡した者が住まっている。わたしの庵の十字架に目もくれない不信心者がだ！」と、隠者が言った。

「おとうさま、行かないで！」

「わたしは、自分の魂がほしいのじゃ。わたしの魂は、わたしのものだろう！」

「おとうさんをとめて！　行かせないで！」と、ジェランドが叫んだ。

だが老人は敷居をまたいで、夜の闇のなかに飛びだし、こう叫んだ。

「わたしのものだ！　わたしの魂はわたしのものだ！」

ジェランド、オベール、スコラスティックは、すぐにそのあとを追った。彼らは、歩けないような道を歩いていった。その道をザカリウス親方は、抗しがたい力に押しまくられた疾風のように駆け抜けていった。雪が彼らのまわりで舞い、白い雪片があふれた急流の泡にまじった。

テーベ軍団の虐殺をしのんで建てられた礼拝堂にかかると、ジェランド、オベール、スコラスティックは、急いで十字をきった。ザカリウス親方は脱帽しようともしなかった。

とうとうエヴィオナスの村が、この荒れ果てた地帯のただなかに見えてきた。この恐ろしいまでに寂寥感がひしひしと迫る部落を見れば、どんなにかたくなな心でも動かされずにはいられないだろう。老人はそこを知らん顔をして通りすぎた。そして左へまがった。彼はとがった峰々が空に突き出ているダン＝デュ＝ミディの峡谷のなかで、もっとも深い谷間に入っていった。

まもなく、その土台のようにくすんで古くなった廃墟が、目の前にあらわれた。

「あそこだ！　あそこだ！」と彼は叫び、またもや遮二無二に走っていった。

アンデルナットの城はそのころは、すでにもう廃墟でしかなかった。どっしりした塔がそびえていたが、いたみがひどく損傷していて、いまにも崩れてきてその足下に建っている古い切妻を押しつぶしそうだった。これら積み重ねられた石の堆積は、見るも恐ろしかった。これらの堆積のただなかに、天井のくずれた真暗な部屋や、不潔なマムシの巣な

どが隠されているように思われた。

狭くて低い間道が残骸で埋れた壕に通じていて、そこがアンデルナットの城への入口になっていた。どのような住人が、そこを通っていったのだろうか？　それは誰も知らない。おそらくなかば盗賊でなかば領主の辺境伯が、この城に住んでいたのだろう。辺境伯につづいて山賊や贋金づくりが住みこみ、その罪の現場で絞首刑に処せられたにちがいなかった。そして伝説によると、冬の夜毎夜毎にこれらの廃墟の影が眠っている深い谷間の斜面に悪魔がやってきて、彼らの舞踏曲を指揮するとのことだった！

ザカリウス親方は廃墟の不気味なたたずまいに、すこしも驚いているようではなかった。彼は間道の入口にたっした。何者も、彼がそこをくぐり抜けるのをはばみえなかった。暗くて広い中庭が、彼の目の前に現われた。そこを彼が横切るのを、誰もさまたげられなかった。それから彼は斜面のようなところをよじ登り、長い廊下の一つに出た。その廊下の円天井は、その重おもしいアーチの起拱点で、あかり窓を押しつぶしそうに見えた。誰も彼がそこを通り抜けるのをはばまなかった。ジェランド、オベール、スコラスティックはずっと引きつづいて、彼のあとにつづいていた。

ザカリウス親方は、あたかも目に見えない手でみちびかれてでもいるかのように、行く道を心得ているといったふうで、足早に歩いていった。やがて彼は虫のくった古い扉の前に出ると、力まかせにそれをゆすぶって押しひらいた。コーモリの群が、ななめに円を描きながら、彼の頭のまわりを飛んでいた。

ほかの場所よりは手入れの行きとどいた大広間が、彼の前に現われた。彫刻のある高い鏡板が壁をおおい、その上を幼虫や、人の生き血を吸う女の悪魔や、怪獣どもがうごめいているように思われた。銃眼のように細くて長いいくつかの窓が、突風にあおられてがたぴし鳴っていた。

ザカリウス親方はこの広間のまんなかまで来ると、歓喜の叫び声をあげた。

壁に接触して立っている鉄の台の上に、いまや彼の全生命が宿っている時計が置かれてあった。この類のない傑作は、古代ロマネスク様式の教会をあらわしていた。その鋳鉄の扶壁と重おもしい鐘楼には、昼間の聖母賛歌やお告げの祈りやミサや晩課や終課や、さては聖体降福式を告げる鐘までがすべてそこにあった。教会の扉はお勤めの時刻が来るとひとりでに開き、その扉の上には円花窓《ロザース》がくり抜かれてあって、その中央には二本の針が動き、その飾り迫縁《せりぶち》は浮き彫りになっていて、文字板上の一二の時間をあらわしていた。扉と円花窓のあいだには、スコラスティックが語ったように、一日の各時間の務めに関する金言が銅板のなかにあらわれた。ザカリウス親方がかつてクリスチャンの配慮をもって、これらの金言の配列を規整したのだった。祈りや労働や食事や遊びや休息の時間がキリスト教の規律に従ってつづき、その教えをきちんと守った者は必ず救われることになっていた。

ザカリウス親方は歓喜に酔いしれながら、この時計をいきなりつかもうとした。そのとき彼の背後で、恐ろしい笑声が起こった。

振りかえってみると、すすだらけのランプの光りに照らされて、ジュネーヴで見たあの小柄の老人がそこにいた。

「どうして、ここへ来たんだ！」とザカリウス親方は叫んだ。

ジェランドは恐怖をおぼえ、婚約者に身を寄せた。

「こんにちは、ザカリウス親方」と、怪物は言った。

「きみは何者なんだね？」

「領主のピットナッチオですよ、よろしく！　娘さんをわたしにくださろうとして、来られたんですな！　あなたはわたしの言葉を思い出したんですね、ジェランドはオベールとは結婚しないだろうというのをね」

若い職人はピットナッチオに飛びかかったが、相手は影のように彼の手から抜け出てしまった。

「やめろ、オベール！」と、ザカリウス親方が言った。

ピットナッチオは「おやすみなさい」と言うと、姿を消した。ジェランドが叫んだ。

「おとうさま、この不吉な場所から離れましょう！」

ザカリウス親方は、そのときはもうその場にいなかった。彼は底板の抜けた階段を駆けあがって、ピットナッチオの亡霊のあとを追いかけていた。スコラスティック、オベール、ジェランドは茫然として、この広い部屋のなかにとどまっていた。少女は石の肘掛椅子に倒れかかり、老女中はその傍らにひざまずいて祈っていた。オベールは立ったままで、婚約者を見守っていた。青白い微光が闇のなかを蛇行していて、沈黙を破るものとては小さな虫が古い木材を嚙む音だけだった。そしてその音は〈死の時計〉の時をきざんでいた。[8]

朝の最初の光がさすと、三人は思いきって石の堆積の下を果てしなくつづいている階段

8 〈死の時計〉には茶立虫の意があり、この虫が木を齧じる音が時計のように規則的なのでこう言う

のなかに入った。かくて二時間も彼らは階段をさまよったが、生きている存在にはついに出会わずに、ただ耳に入ったのは彼らの呼び声に答えて遠く消え去るこだまだけだった。彼らはときには地下三〇メートルまでもぐりこみ、ときには荒涼とした石の堆積を見おろす上のほうまでのぼった。

ついに偶然彼らは、苦悶の一夜を過ごした大広間にもどった。そこはすでに空き部屋ではなかった。ザカリウス親方とピットナッチオが談合していて、片方は死体のように硬直して立っており、もう一人は大理石のテーブルの上にうずくまっていた。

ザカリウス親方はジェランドの姿を認めると、その手をとりにやってきて、彼女をピットナッチオのほうへ連れていこうとしてこう言った。

「この人がおまえのご亭主で領主さまだ、ジェランド、おまえはこの方と結婚するんだ！」

ジェランドは、頭から足の先まで震えあがった。

「なりません！」と、オベールが叫んだ。「この人はぼくの婚約者なんですから」

「いやです！」ジェランドも歎きのやまびこのように、それに応じた。

ピットナッチオは、からからと笑った。

H. Schuler

「では、わたしが死んでもいいというのかい?」と、ザカリウス親方は叫んだ。「この時計はな、わたしが作った時計のなかで、いまだに動いているたった一つの時計なんだ。この時計のなかに、わたしの生命がこめられている。ところでこの男は、わたしにこう言うのだ。『あなたの娘がわたしのものになったとき、この時計はおまえのものになるだろうよ』とな。この男は、時計のねじを巻こうとしないんだ! 時計をぶちこわして、わたしを死の淵へ突き落とそうとするんだ! なあ、娘や、おまえはもうわたしを愛してはいないのかい!」

「おとうさま!」ジェランドは感覚をとりもどして、つぶやいた。老人はなおつづけた。

「おまえがわかってくれたら、わたしが生命の源から離れてどんなに苦しんだことか! おそらくこの時計は、放ったらかしにされていたんだ! きっとぜんまいはすり切れたままで、輪列は嚙み合わないままで放置されてあったんだ! だが、いまからは、このわたしの手で、この大事な時計の健康を守ってやる。なにしろ、ジュネーヴの大時計師であるこのわたしが死ぬなんてことは、ありえないことだからな! ジェランド、見てごらん、どんなに針が正確な足どりで進んでいるか! ほら、まもなく五時が鳴る! よく聴いてごらん、そしてどんな立派な金言が現われるか、よく見るんだ」
時計の鐘楼が五時を告げ、その音がジェランドの心に痛ましくひびきわたった。同時に、このような言葉が、赤い字で現われた。

知恵の木の実は食べねばならぬ。

オベールとジェランドはびっくりして、互いに顔を見合わせた。それは、カトリック信者の時計師の宗教上の金言とは、まったく違ったものだった！　悪魔の息がかかったにちがいなかった。だがザカリウスは、いっこうにそのようなことは気にしないで、またもや言った。
「聞いたか、ジェランド。わたしは生きている、まだ生きているんだ！　わたしの息しているのを聞いてごらん！……血管に血が流れていくのを見てくれ！……違うよね！　おまえは父親を見殺しにするような娘じゃないものな。おまえはこの男と結婚して、わたしを不死身にしてくれて、最後にはわたしに神と同じ力を与えてくれるよね！」

このような不敬虔な言葉を聞くと、老女のスコラスティックは十字を切り、ピットナッチオは喜びの声をあげた。

「それにジェランド、おまえはこの男と結婚すれば仕合わせになれる。ほら見てごらん、この男は時間なのだ！　おまえの生活は絶対に正確に規制されるんだ！　ジェランド、おまえに生命を与えたのは、このわたしなんだから、こんどはわたしを生き返らしておくれ！」

「ジェランド、きみはぼくと婚約しているんだよ」と、オベールはささやいた。

「でも、おとうさまにああおっしゃられては！」そう答えてジェランドは、椅子に倒れた。

「ピットナッチオ、娘はおまえのものだ」と、ザカリウス親方が言った。「約束を履行してくれ」

「これが、時計の鍵だ」恐ろしい男は答えた。

ザカリウス親方は、まるでだらりとたれた蛇のように細長い鍵をつかむと時計に走り寄り、信じられないような早さで、時計を巻きはじめた。ぜんまいのぎしぎしという音が神経にさわった。それでも老時計師は手を休めずにぐるぐる巻きつづけた。そのぐるぐる巻く手の動きは、彼の意志とはまったく関係がないようだった。このようにしだいに早く、顔を奇妙にしかめてねじを巻いていたが、さすがにしまいには疲れてきて、腕がきかなくなってしまった。

「これで、一世紀ぶんは巻いたぞ！」と、彼は叫んだ。

オベールは気が狂ったようになって、部屋から出ていった。長いこと道に迷ったあげく、やっと彼はこの呪われた城の出口を見つけて外へ出た。彼はノートル・ダム・デュ・セックスの庵にとって返すと、聖者に一切を語った。その話があまりに絶望的だったので、隠者は彼と一緒にアンデルナットの城へ行くことに同意した。

たとえ、この苦しい時間のあいだにジェランドが泣かなかったとしても、それは泣きたくても涙がかれてしまったからだった。

ザカリウス親方は、その広間を出ようとはしなかった。彼は一分ごとに古時計のところへやってきては、それが規則正しく動いているかどうかを調べた。

そうしているうちに、一〇時が鳴った。そのとき銀板の上にこのような言葉が現われたのを見たので、スコラスティックは、びっくり仰天した。

人間は、神と等しいものになることができる。

この不敬虔な金言を見て、老人は大いに憤慨するどころか、それを読んで熱狂し、思いあがった考えにひたって、さも満足そうだった。一方、ピットナッチオは、そのような彼のまわりをぐるぐるまわっていた。

結婚証明書は、真夜中に署名されることになっていた。ジェランドはほとんど生気を失って、なにも目に入らないし耳にも聞こえなかった。ときどき沈黙を破るものといえば、老人の話し声と、ピットナッチオの冷笑だけだった。

一一時が鳴った。ザカリウス親方は身ぶるいをすると、このような不敬虔な言葉を、鳴りひびくような大声で呼ばわった。

人間は科学の奴隷にならねばならず、科学のためには親族も家庭も犠牲にしなければならない。

「そうだ」と、彼は叫んだ。「この世には、ただ科学あるのみだ！」

時計の鉄の文字板の上を、針がマムシの吐息のように音をたてながら蛇行していた。時の刻み方が急速に早くなった。

ザカリウス親方は、もう口もきけなかった！　彼は地面に倒れて、あえいでいた。その苦しそうな胸からは、とぎれとぎれな言葉しか出なかった。

「生命を！　科学を！」

そのとき二人のあらたな人間が姿を現わして、その場の目撃者となった。隠者とオベールとである。ザカリウス親方は地面によこたわっていた。そのそばでジェランドが、生きた心地もなく祈っていた……。

とつぜん、時鐘に先立つ「かちっ！」という音がした。

ザカリウス親方が身を起こした。

「真夜中だ！」と彼は叫んだ。

隠者は、古い時計のほうへ手をさしだした……すると零時は鳴らなかった。

そのときザカリウス親方は、地獄にも届きそうな叫び声を発した。そしてつぎのような言葉が現われた。

神と等しくたらんと試みる者は、永劫の罰を受けるであろう！

古時計は雷鳴のような音とともにくだけ、ぜんまいは飛び出すと、奇妙なくらいにくるくるとまるまって、部屋じゅうを飛びまわった。老人は立ち上がり、そのあとを追いかけてつかもうとしたが、ただいたずらにこう叫ぶのみだった。

「わたしの魂を！　わたしの魂を！」

ぜんまいはあちこち、彼の前を飛びはねたりして、どうしてもつかまえられなかった！

やっとピットナッチオがそれをつかまえた。そして恐ろしい冒瀆の言葉を吐き散らしながら大地の底に呑まれていった。

ザカリウス親方は仰向けに倒れて、すでに息絶えていた。

……………………

時計師の遺体は、アンデルナット山頂のなかに埋葬された。それからオベールとジェラ

QUI TENTERA DE SE FAIRE L'EGAL DE DIEU
SERA DAMNÉ POUR L'ÉTERNITÉ

ンドはジュネーヴに帰り、二人は神から授けられたその長い生涯のあいだ、科学ゆえに神から見放された魂を、祈りによってあがなおうと努めた。

訳者あとがき

ジュール・ヴェルヌは、一八七六年に『皇帝の密使ミハイル・ストロゴフ』を刊行し、それが上演されて四〇〇回も続演されるほど、つづく作品もいずれも好評をはくし、一八七七年四月一日には〈驚異の旅〉シリーズを扱った仮装舞踏会を催したり、また同年一〇人乗りの帆船〈サン=ミシェル〉号を購入して各地を乗りまわし、ことに一八八四年五月から六月にかけて、妻オノリーヌ、息子ミシェル、弟ポールと甥とを連れて地中海の沿岸を航海したときなどは、法王レオン一三世に謁見したり、そして八五年四月にはアミアンの自宅で二回目の仮装舞踏会を催すなど、この一〇年間が彼の生活上の全盛時代で、翌八六年三月九日には甥のガストンに拳銃で狙撃され、そのために終世びっこをひくようになり、その十日後には盟友エッツェルがモンテカルロで逝去、つづく八七年二月十五日には母のソフィが亡くなり、このあたりから彼の生涯に暗い影がさしてくる。しかし八八年には〈極左派〉の市長派から立候補して市会議員に当選するなどするが、議員になってもせいぜい旅芸人の世話をするぐらいで、たいした実績は挙げはしない。ますます人間ぎらいになり、寡黙になって、ひとり階上の仕事部屋に朝早くから籠って読書と仕事に没頭するのである。

作品の傾向も、一八八八年に刊行した『二年間の休暇』(邦訳名『十五少年漂流記』)は特に実在の利発で勇気に富み、しかも思いやりのあるアリスティド・ブリアン少年をモデルにした少年むけの読みものだが、一般的に晩年の作品には、よく悪魔的な科学者が登場したり、また例えばネモ船長に見られるようなニヒリスティックな人物や偏執的な熱狂者を見るようになる。八九年の『宇宙転覆』以後はペシミスムの色が濃くなっていく。『永遠のアダム』はヴェルヌ晩年の作で、彼が亡くなった年である一九〇五年二月から三月にかけて書かれた。彼は三月二四日に七七歳にして、左半身麻痺と糖尿病のために逝去した。アミアン郊外のマドレーヌ墓地には、彫刻家ローズの手になる墓石を荒あらしく押しあげて右腕を高く掲げた彼の彫像があり、その墓石には「不滅と永遠の若さのために」という碑銘が刻まれてある。小説八〇篇と戯曲一五篇、それらの作品は永遠に世界じゅうの若い人たちに愛読され、その精神は受けつがれてゆくだろう。

ヴェルヌの精神が人びとに受け継がれていくだろうといった。それはこの彼の最終年の短篇『永遠のアダム』において彼は、現代文明のはかなさを立証するとともに、その反面、人類の天性に信頼をおかねばならぬと、その人生観を吐露しているのである。つまりニーチェの〈永劫回帰〉はこの短篇のなかに盛られ、ペシミストのジュール・ヴェルヌは死の床において救われたのである。

ニーチェとヴェルヌの影響関係は周知のとおりだが、マルセル・モレも「地下の革命家」と題して、この両者の関係について触れている。

それによると、「ヴェルヌが一八九〇年代に仏訳されたニーチェの作品を読んでいたことは確かで」、ツァラトゥストラと同じように、すでにして一八六九年に脱稿した『海底二万里《リュー》』の主人公ネモ船長は「容赦なく、冷酷で、その決定的な性格としては、自信、冷静、精力、勇敢さに富み、彼はもはや社会のこの規律に縛られず、社会と縁を切り、自己の本能に任せて自由に振るまう〈超人〉」なのである。『永遠のアダム』の主人公ツァルトーク・ゾフル＝アイ＝スルは言うまでもなく作者の分身であって、この名前にしてからがヴェルヌ得意のアナグラムのいたずらであり、Zartog Sofr-Ai-Sr と、Zarathoustra とは、ほとんど似たような響きをもっているのである。この小説の結末においてヴェルヌは、「墓のかなたより生まれ出たようなこの物語を読んでツァルトーク・ゾフル＝アイ＝スル博士は、……自分より以前に生存していた者が苦しんできた数多くの苦悩に自ら傷つき、果てしない時間に空費された徒労の重みに打ちひしがれて、万物は永遠の繰り返しであるという確信に、ゆっくりと苦しげに到達するに至った」のである。

まことに遺稿にふさわしい作品と言えるであろう。ヒューマニストの一面をもちながらもペシミストとして終始したジュール・ヴェルヌは、死に臨んで〈永劫回帰〉に救いを見いだしたのである。彼はなんに生まれ変わるであろうか！……もはや科学冒険小説家でもあるまい。おそらくはネモ船長のように音楽を愛し、音楽の世界に生きる作曲家、もしくは指揮者として更生したいと念じたのではなかろうか！

この短篇は最初は「エデム」と題されたのだが、それが「永遠のアダム」となり、「ラトン一家の冒険」「レ＝ディエーズ氏とミー＝ベモン嬢」「ジャン・モレナスの運命」「ハンブルク」「二九世紀―二八八九年における一アメリカ人ジャーナリストの一日」と併載されて『昨日と明日』と題され、彼の死後一九一〇年に刊行されたのである。

短篇『空中の悲劇』は最初『気球旅行』という題名で、一八五一年に「家庭博物館」誌に掲載され、「家庭の科学」という見出しがついていた。気球を発明した搭乗者が、吊籠にひそんでいた狂人と空中で渡り合う短篇で、狂人をして軽気球の発達史を語らせるなど、なかなか手のこんだ好短篇である。一八七四年に『オクス博士』なる題名の短篇集に収録された。

次に『マルティン・パス』は歴史小説と銘打っているが、彼のものとしては珍しい恋愛小説で、一八五二年四月に「家庭博物館」誌に発表された。ペルーのインディアンとスペイン人、それに混血人を登場させて、人種上の怨恨を背景に恋愛上の葛藤を描いた短篇で、少数民族に対する作者の共感がうかがわれ、世評もかなり良かった。

次に『老時計師ザカリウス』はヴェルヌが失くした懐中時計について警官との問答からヒントを得て書かれた作品で、この神を恐れぬ科学万能主義者に、時計のがんぎ車《エスケープメント》、振り子を調整するための歯車装置の発明をなさしめたが、神を恐れぬこの思いあがった悪徳科学者は、永劫の罰を受けて息絶えるのである。これらの中短篇は、いずれも後年の彼の作品中に開花する要素の萌芽をそれぞれ見せていることに留意すべきであろう。

江口　清

※「訳者あとがき」は一九七九年刊のパシフィカ版『永遠のアダム・エーゲ海燃ゆ』『洋上都市』のものを転載しました。

訳者略歴

江口 清

1909年、東京生まれ。旧アテネ・フランセ高等科卒業。主な訳書に、ジュール・ヴェルヌ『海底二万里』『月世界へ行く』『八十日間世界一周』、『ラディゲ全集』、ギ・ド・モーパッサン『女の一生』などがある。

＊今日の人権意識に照らして不適切と思われる語句や表現については、
時代的背景と作品の価値をかんがみ、そのままとしました。

永遠のアダム

2013年6月1日初版第一刷発行

著者 : ジュール・ヴェルヌ

訳者 : 江口 清

発行者 : 山田健一

発行所 : 株式会社文遊社

東京都文京区本郷 4-9-1-402　〒113-0033

TEL: 03-3815-7740　FAX: 03-3815-8716

郵便振替 : 00170-6-173020

書容設計 : 羽良多平吉 heiQuiti HARATA@EDiX+hQh, Pix-El Dorado

本文基本使用書体 : 本明朝小がな Pr5N-BOOK

印刷 : シナノ印刷

乱丁本、落丁本は、お取り替えいたします。
定価は、カバーに表示してあります。

Jules Verne
L'éternel Adam, 1910　*Un drame dans les airs*, 1851　*Martin Paz*, 1852　*Maître Zacharius*, 1854

ISBN 978-4-89257-084-1